Lv2から
Chillin Different World Life
of the EX-Brave Candidate was Cheat
from Lv2
チートだった元勇者候補のまったり異世界ライフ17
Miya Kinojo 鬼ノ城ミヤ
Illustrations by 片桐

Name
フォルミナ
∞
Name
ゴーロ
∞
——闘技場で模擬戦!

Name
リルナーザ
∞
Name
コウラ
∞
Name
リヴァーナ
∞

Name
アルンキーツ
∞
「いや、あの、金髪勇者殿……
自分のこの胸の感触を
満喫出来るのでありますよ？
これが幸せでなくて
何だと言うのでありますか？」
Name
金髪勇者
∞
「冷静になって考えてみろ
アルンキーツ……」
「……ねえ、
アルンキーツ？」

Level 2
Chillin
World Life of the EX-Brave Candidate was Cheat from Lv2
Lv2からチートだった
元勇者候補の
まったり異世界ライフ17
著 鬼ノ城ミヤ イラスト 片桐

Characters

Chillin Different World Life
of the EX-Brave Candidate was Cheat from Lv2

フリオ

フリース雑貨店を営む
元勇者候補。

リース

牙狼族でありフリオの妻。

ワイン（人族の姿）

ハイスペックだが
大食いな居候。

リヴァーナ

誇り高き水龍族の少女。

ガリル

フリオとリースの息子。
姫女王のことが気になっている。

エリナーザ

フリオとリースの娘。
フリオのことが好き。

リルナーザ

エリナーザの妹。
サベアや魔獣達に懐かれている。

ベンネエ

日出国の言条大橋に取り憑いた
強者を求める剣豪の思念体。

ヒヤ

光と闇の根源を司る魔人。

ダマリナッセ

精神世界で修練中の
暗黒大魔導士。

ベラノ

無口で人見知りの
小動物的教師。

ベラリオ

ミニリオとベラノの子供。

illin Different World Life of the EX-Brave Candidate was Cheat from Lv2

Characters

Chillin Different World Life
of the EX-Brave Candidate was Cheat from Lv2

ゴザル

史上最強と言われる元魔王。

ウリミナス

ゴザルの妻にして
魔王時代の側近。

バリロッサ

ゴザルの妻である元騎士。

フォルミナ

ゴザルとウリミナスの娘。

ゴーロ

ゴザルとバリロッサの息子。

スレイプ（人族の姿）

元魔王軍四天王の一人。
ビレリーと同棲中。

ビレリー

スレイプと同棲中の元弓士。

リスレイ

スレイプとビレリーの娘。

ウーラ

正義感の強い鬼族で
行き場をなくした魔族達の長。

ブロッサム

農作業に精を出す元剣士。

コウラ

ウーラの娘。
マイペースで口数が少ない。

グレアニール

フリース雑貨店で働く魔忍族。

Chillin Different World Life of the EX-Brave Candidate was Cheat from L

Characters

Chillin Different World Life
of the EX-Brave Candidate was Cheat from Lv2

エリー（姫女王）

正義感が強い苦労人で魔法国の女王。

ルーソック（第二王女）

外交を担当しているのんびり屋。

スワン（第三王女）

明るい性格で内政を担当している。

テルビレス

神界を追われたお酒好きな駄女神。
ホクホクトンの家に居候中。

タニア（神界の使徒）

記憶を失ったフリオ家の押しかけメイド。

ゾフィナ（神界の使徒）

責任感が強く義理堅い。
気苦労が絶えない神界の使徒。

カルシーム

元魔王代行。チャルンと共に、
フリオ家に居候中。

チャルン

カルシームの妻となった魔人形。
お茶を煎れるのが得意。

ラビッツ

カルシームとチャルンの娘。
カルシームの頭の上がお気に入り。

サベア（一角兎の姿）

フリオ家のペット。
一角兎のシベアとつがいに。

シベア

サベアのお嫁さんの一角兎。

スベア

サベアとシベアの子供。
ややツリ目気味の一角兎。

セベア

サベアとシベアの子供。
可愛い目つきが特徴。

ソベア

サベアとシベアの子供。
一角兎だが、体毛の色は狂乱熊。

Characters

Chillin Different World Life
of the EX-Brave Candidate was Cheat from Lv2

金髪勇者

勇者なのに魔法国から指名手配中。

ツーヤ

金髪勇者と共に逃避行中。
お財布の中身が心配。

ヴァランタイン

邪界十二神将の妖艶な魔人で
見た目に反して大食い。

アルンキーツ

稀少魔族である荷馬車魔人だが
魔力が少ない。

ガッポリウーハー

稀少魔族である屋敷魔人だが
戦闘は苦手。

ドクソン

ゴザルの弟にして
仲間想いな新魔王。

フフン

ドクソン側近のドMサキュバス。

ベリアンナ

口は悪いが妹想いの悪魔人族。

アイリステイル

ガリルの同級生で
ベリアンナの妹。

サリーナ

ガリルの同級生。
ガリルに気があるようで……？

闇王

元魔法国の国王にして
闇商会の会長。

Level2～

ATK……∞
DEF……∞
AGI……∞
MP……∞
HP……∞

Chillin Different World Life of the EX-Brave Candidate was Cheat from Lv

Level 2～∞

Lv2からチートだった元勇者候補のまったり異世界ライフ 17

Contents

Chillin Different World Life of the EX-Brave Candidate was Cheat from Lv2

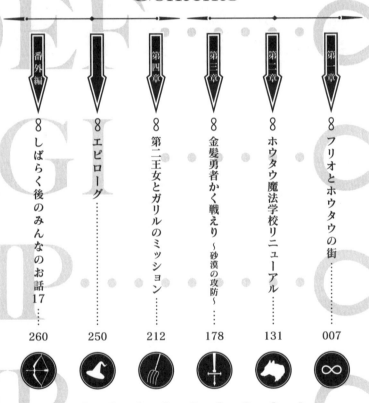

第一章 ∞ ……フリオとホウタウの街……∞

クライロード世界――。

剣と魔法、数多《あまた》の魔獣や亜人達《たち》が存在するこの世界では、人種族と魔族が長きにわたり争い続けていた。

人種族最大国家であるクライロード魔法国と魔族の最大組織である魔王軍との間に休戦協定が結ばれ大陸から大きな戦乱が消え、平和な時が流れ続けていた……。

人種族と魔族の間には今も国境に城壁があり街道には城門が設置されているものの、その往来には基本的に制約は設けられておらず、むしろ積極的に人が行き来し、交易が盛んに行われており、それぞれの首都近くに住まう者達は平和と盛況な日々を謳歌《おうか》しつつ、新たな道を模索しはじめていた。

大陸全土に平穏な空気が流れる中、球状世界の周囲を覆っている防壁魔法が複数回破損した影響なのか、いろいろな異変が生じており、それと足並みを揃《そろ》えるかのように、フリオの元にも様々な依頼が寄せられて……。

この物語は、そんな世界情勢の中ゆっくりと幕を開けていく……。

◇クライロード魔法国・カルゴーシ海岸◇

クライロード魔法国の南方にあるカルゴーシ海岸。

海と陸の境の大半が絶壁であり、近づくことすら困難な中、ここカルゴーシ海岸には広大な砂浜が広がっており、クライロード魔法国の中で唯一海水浴が楽しめる海岸として有名である。

海で隔てられている諸外国との海洋貿易の拠点もあり、交易都市としてのにぎわいもあるカルゴーシ海岸を含むカルゴーシ地方は貴族バンピール家がクライロード魔法国に統治を委任されており、当主がその任務にあたっていた。

そんなカルゴーシ海岸に近い森の中。

朝靄《あさもや》で煙るその中を、数頭の魔獣が走っていた。

ドドドドド。

魔獣達が巨体に似合わぬ速度で森の木々の合間を疾走していく。

猪《いのしし》のような姿のその魔獣達は、ただ走っているというよりも、何かから逃げているようにも見えた。

体長が人種族の倍以上ありそうな巨躯《きょく》の魔獣達は、時折後方を気にしながらも速度を緩めることなく木々の合間を疾走していく。

その後方には人や獣の影があった。

大型の魔獣に騎乗している人種族の男。

騎乗しているとはいえ、その男は魔獣を操っている様子はなく、騎乗したまま前方を駆けている魔獣達の動きをジッとみつめていた。

大型の魔獣はというと、逃げる魔獣達が全力で疾走しているのに対し、かなりの余裕すら感じ取る事が出来た。

そんな魔獣の耳元に、騎乗している男が顔を寄せた。

「リース、僕は右の五頭を仕留めるね」

「わかりました旦那様、左の残りはすべてこのリースにお任せくださいませ」

騎乗している男――フリオの言葉に、大型の魔獣、牙狼《がろう》化しているリースは嬉《うれ》しそうな声を返した。


――フリオ。

勇者候補としてこの世界に召喚された異世界の元商人。

召喚の際に受けた加護によりこの世界のすべての魔法とスキルを習得している。

今は元魔族のリースと結婚しフリース雑貨店の店長を務めている。一男二女の父。

――リース。

元魔王軍、牙狼族の女戦士。

フリオに破れた後、その妻としてともに歩むことを選択した。

フリオのことが好き過ぎる奥様でフリオ家みんなのお母さん。


「よし、じゃあ行くか」

そう言うと、フリオの体がふわりと宙に浮かんでいく。

飛翔《ひしょう》魔法。

本来、詠唱を必要とするこの魔法を、フリオは無詠唱で使用していた。


この世界に転移してきた際に受けることが出来る女神の加護を二人分受け取ってしまった影響で、レベルが2になった際に、この世界の全ての魔法を全て無詠唱で使用出来るレベルで習得していた。

さらに、すべてのスキルの数値が表示ウインドウの上限を超えて表示出来なくなった際に表示される「∞」にまで成長していた。

表示出来なくなっているだけで、今も日々成長し、その値がどんどん上昇しているのだが、当のフリオはそんなことにまったく気付いていない。

フリオは右前方へ向かって飛翔していく。

その前方を疾走している魔獣達は猪に似ているものの、体軀《たいく》は段違いに大きい。

普通の人間が相手であれば躊躇《ちゅうちょ》することなく突撃し襲ってくるはずだが、魔獣達は必死になって逃げ続けている。

その魔獣達は、フリオよりも獣化しているリースに対して怯《おび》えている様子だった。

牙狼族は魔獣の中の頂点であり、リースはその牙狼族の中でもトップクラスの能力を有している。

それを本能的に理解している魔獣達は、必死になって逃げ続けていた。


そんな魔獣に向かってフリオが右手を伸ばす。

「重力魔法！」

かけ声と同時に、フリオの右手の前に魔法陣が出現し、光り輝いていく。

次の瞬間、

グヒイイイイイイイイイイイイイイ！

疾走していた魔獣達の体がその場に釘付《くぎづ》けになるように停止し、地面に向かって押さえつけられていく。

飛翔していたフリオは、身動き出来なくなっている魔獣達の上空で静止した。

「マウントボアの群れみたいだな」

フリオが腕組みしながら魔獣達の様子を観察する。

そんなフリオの左前方から、

「本来北方に住んでいる魔獣ですわね」

リースの声が聞こえてきた。

フリオが声の方へ視線を向けると、気を失っているマウントボアを山のように積み上げ、その上に立っているリースの姿があった。

フリオに負けない速さで左前方を疾走していたマウントボアの群れを牙狼の姿で仕留めたリースは、すでに獣化を解いた状態で魔獣達の上で腰に手を当て、胸を張っていた。

「さすがの腕前だね、リース」

「あら、旦那様ったら、私よりも旦那様の魔法の方がすごかったですわ」

フリオに褒められたのが嬉しくて仕方ないのか、赤く染まった頬を両手で押さえながら体をくねらせる。

いつもの白を基調としたワンピース姿で、山積みになっているマウントボアの上に立っているため、リースが体をくねらせる度にスカートの裾が大きく揺れていた。

「ちょ、ちょっとリース……」

その光景に、フリオもまた頬を赤らめ、右手で顔を覆ってしまう。


子供が三人出来てもなお、初々しい夫婦である。


そんな二人の後方から物音が聞こえてきた。

まず姿をあらわしたのは黒豹《ブラックパンサー》の姿をしたロリンデームだった。


——ロリンデーム。

カルゴーシ海岸を治めているバンピールジュニアの使い魔で、黒豹《ブラックパンサー》族の亜種。

自らの体を自在に変化させる能力を持っている。

見た目は日焼けした幼女だが、バンピールジュニアの先々代から仕えている。

人種族の姿に戻ると、

「ありゃりゃ……全速力で追いかけてきたってのに、もう全部終わったんだ……みたいな……」

肩を上下させたロリンデームは呼吸を整えながら目を丸くする。

タンクトップに短パン、履き物はビーチサンダルで、真っ黒に日焼けしている姿からは、どうみ

ても近所の女の子にしか見えない彼女は、

「このロリンデーム様ってば、走る事に関してはちょっと自信があったんだけどねぇ……みたいな」

苦笑しながらフリオの元へ歩み寄っていく。

そんなロリンデームに、フリオはいつもの飄々《ひょうひょう》とした笑顔を向ける。

「いえいえ、そんな事はありませんよ。マウントボアは巨体に似合わずちょこまかと方向転換しますから、それを知っていないと追いかけるのはなかなか難しいと思います。僕とリースは、ホウタウの街の近くの森で狩り慣れていますので」

「まぁ、旦那様！」

フリオの言葉に、リースは頬を少し膨らませながらフリオの元に小走りで近づいていく。

そのまま、フリオの腕に抱きつくと、

「それを言うなら共狩り《デート》ですわ、共狩り《デート》！」

満面の笑みを浮かべ、フリオの腕に自らの体を密着させる。


むにゅ。

その拍子に、リースの豊満な胸がフリオの腕を挟み込んだ。

「ち、ちょっと、リース……」

その感触に、フリオは思わず頬を赤くする。

「あら？　どうかしました、旦那様？」

そんなフリオの感情にまったく気が付いていないリースは、フリオの腕に体を摺《す》り寄せながら、怪訝《けげん》そうな表情を浮かべる。


そんな二人の様子を、ロリンデームは苦笑しながら見つめている。

「まぁ、なんといいますか……いつお会いしても、ラブラブなお二人ですねぇ、みたいな？」

両腕を後頭部で組んだまま、その顔に苦笑いを浮かべ続けていた。

その後方に近づく足音が聞こえてきた。

「ぶ、ぶふぉお……よ、ようやく追いついたわい……」

「ぜぇ……ぜぇ……ま、魔獣はどこだ！　このエドサッチ様がギッタンギッタンにしてやるぞ！」

ロリンデームの後方、背の高い雑草の合間から姿をあらわした大柄な男二人が、周囲を見回す。

ロリンデームがそんな二人へ視線を向けた。

「ポルセイドンにエドサッチさぁ、もうフリオ様とリース様が片づけてくださった、みたいな？っていうかさ、間に合わなかったアタシがいうのもなんだけどさ、いくらなんでも遅すぎじゃね？みたいなぁ」

ジト目で、大男二人――ポルセイドンとエドサッチを見つめる。

そんなロリンデームを、ポルセイドンは、

「う、うるさいぞい！……ぜぇぜぇ……ワシとて泳いで移動するのなら……ぜぇぜぇ……こんな醜態をさらすことなどないぞい……ぜぇぜぇ……」

両手を膝にあて、荒い息を繰り返している。


――ポルセイドン。

カルゴーシ海岸を治めているバンピールジュニアの使い魔で、海魚人族《シーフィッシュピープル》。

実年齢にそぐわない筋骨隆々の体軀を誇り、自らの体を巨大化させる能力をもっている。

その能力を展開している間は海上に自らの体を浮かせることが出来、怪力を発することも出来る。

天然パーマの白髪の長髪と、長く白い髭《ひげ》ながら、筋骨隆々で艶のある肉体のせいで若々しい雰囲気を醸し出していた。

そんなポルセイドンの隣で、エドサッチは地面の上に足を投げ出してへたり込んでいる。

「ワ、ワシもだ……船の操舵《そうだ》なら問題ないのだが……陸の上を走るのはどうにもこうにも……ぶはぁ……」

天を仰ぎ、大きく口をあけたまま荒い息を繰り返していた。

——エドサッチ。

独特な黒髭が特徴的な元海賊団の船長。

船団壊滅を機会に改心し、今は部下達共々バンピールジュニアの配下となり、カルゴーシ地方の警備を担っている。


筋骨隆々なポルセイドンとは対照的に、ビール腹が目立つエドサッチは、全身汗まみれのまま、立ち上がることも出来なくなっていた。

そんな二人のさらに後方から、エドサッチの部下たちがようやく追いついてきたのだが、ポルセイドンとエドサッチ以上に疲れ切っているのか、二人の後方にたどり着くなり、全員その場に倒れ込んだ。

ロリンデームはそんなポルセイドン達をジト目で見回す。

「まったくもう……たまたまフリオ様達がバンピールジュニア様の元を訪ねてきてくださっていたからいいようなものの、そうじゃなかったら、あの魔獣達が海岸の街になだれ込んでえらいことになったかもよ……みたいな?」

「そ、そうはいうがの、ロリンデームよ……こんな陸の魔獣が、しかもこんなに大量に森に出現するなぞ、前代未聞じゃぞい」

「ポ、ポルセイドンの兄貴の言う通りだ……カルゴーシ地方の脅威と言えば、海の魔獣か海賊って決まってたじゃねぇか……」

すでに呼吸も整い、元気に屈伸をしているロリンデームに対し、いまだに呼吸すら整わないポルセイドンとエドサッチ、そしてその後方のエドサッチの部下たち。

そんな一同の様子を、フリオはいつもの飄々とした笑みを浮かべながら見つめていた。

「……気持ちはわかりますが……」

フリオが口を開いたとき、その隣に一人の女性が飛来した。

飛翔魔法で空中を移動してきたその女性は、小柄で白を基調とした衣装を身にまとっており、フリオとリースの隣に降り立つと、

「……みんな、お客様の前で言い争いしちゃ、ダメ」

控え目ながらも、凛《りん》とした声が響く。

その言葉に、先ほどまでだらしない恰好《かっこう》で文句を言い合っていたポルセイドンとエドサッチ達が、同時に立ち上がり、

「こ、これはバンピールジュニア様」

「たたた、大変お見苦しい姿をお見せしてしまい申し訳ないであります！」

その女性――バンピールジュニアの前でビシッと気を付けの姿勢をしていく。

――バンピールジュニア。

カルゴーシ地方を治めている貴族バンピール家の現当主である人種族の女性。

小柄で華奢《きゃしゃ》な体形のためかなり若くみられるが成人済。

類《たぐ》い希《まれ》な魔力と、魔法能力を有する彼女は、塔の魔女なる異名を持っている。


バンピールジュニアは、一同が自らの前で整列したのを確認すると、改めてフリオへ向き直った。

「……こ、この度は、魔獣征伐にご協力いただき、本当にありがとうございました……」

深々と頭を下げ、感謝の言葉を口にするバンピールジュニアだが、元来人見知りであり、人前で話すことが大の苦手なバンピールジュニアの声は非常に小さく、ポルセイドンとエドサッチの後方で気を付けの姿勢をとっている部下たちの耳にはほとんど聞こえていなかった。

そんなバンピールジュニアに対し、リースが一歩前に出る。

「魔獣のことで相談したいことがあるってことで、今日、こうして旦那様が足を運んでくださったわけですけど、今後も陸上の魔獣たちの征伐を依頼したいとか、そういうお願いってことなのかしら？」

リースの言葉に、慌てた様子で頭をあげたバンピールジュニアは、

「い、いえいえいえ……そ、そういう依頼をしたいわけではなくてですね……」

顔を左右に振り、両手をリースに向かって伸ばし、顔に連動させるかのように左右に振った。

「でも、そうでもしないと、この大男さん達じゃあ、陸の魔獣相手に全然役に立ってないじゃない？」

「「な、なんじゃと！」」

リースの言葉に、ポルセイドンとエドサッチが同時に怒声をあげる。

しかし、そんな二人の間に、歩いていき割って入ったロリンデームが、

「まぁまぁ、二人ともさ……気持ちはわからないでもないんだけどさ、リース様が言ってることって、思いっきり的を射てるじゃない、みたいな？」

ニヤニヤ笑いながらポルセイドンとエドサッチの顔を交互に見つめる。

その視線の先で、

「うぐ!?」

「うぐぐ!?」

ポルセイドンとエドサッチは、表情を強張《こわば》らせ、それ以上何も言えなくなってしまう。

そんな二人の様子を前にして、あたふたするバンピールジュニア。

「あ、あの……み、皆さんは、海の魔獣相手でしたら無敵ですし、とっても頼りになりますし……」

「バ、バンピールジュニア様……」

「な、なんてお優しいお言葉……」

その言葉に、ポルセイドンとエドサッチ達が表情を輝かせる。

「でも、陸上の魔獣相手には、この有様なんだよねぇ、みたいな？」

そこに、再びロリンデームの手厳しい一言が浴びせられ、

「うぐ!?」

「う、うぐぐ!?」

再び、表情を強張らせ、何も言えなくなってしまうポルセイドンとエドサッチ達。

その光景を前にして、バンピールジュニアは、

『え、えっと……こ、こういう時って、どういう言葉をかけてあげればよいのでしょうか……』

と、内心で焦りまくりながら、ポルセイドンとエドサッチ達を見回す。

そんなバンピールジュニアの元に、フリオが歩み寄った。

「頂いた親書には、魔獣の件で相談したいことがあるとのことでしたが、どのようなことを我がフリース雑貨店にご依頼されたいのでしょう？」

飄々とした営業スマイルをその顔に浮かべながら、バンピールジュニアへ視線を向ける。

その言葉を前にして、ハッとした表情を浮かべたバンピールジュニアは、

「あ、はい……じ、実はですね……ポルセイドン達に、フリース雑貨店様が行っておられるという、冒険者訓練所で、陸の魔獣達に対する訓練をして頂けたらと思っておりまして……」

「え？」

フリオがバンピールジュニアの言葉に、びっくりした表情を浮かべる。

その隣に立っているリースも、怪訝そうな表情を浮かべ、首を傾《かし》げた。

「あら？……冒険者訓練所の件は、まだ一般には告知しておりませんのに、どこでお知りになったのです？」

「あ、そ、それはですね……」

リースの言葉に、バンピールジュニアが答えようとした、まさにその時、

どさっ！　どさっ！　どさっ！


フリオとリース、そしてバンピールジュニアの間に、巨大な魔獣が落下してきた。

すべて征伐された後の魔獣達は、先ほどフリオとリースが倒しまくったマウントボアと同種のものであった。

仕留められたマウントボアの巨体が、空から落下し終わると、

「パパン！　ママン！　わはぁ！」

喜色満面のワインが、背にドラゴンの羽根と尻尾を具現化させた状態で急降下し、フリオとリースに抱きついた。

――ワイン。

龍族最強の戦士と言われるワイバーンの龍人《ドラゴニュート》。

行き倒れになりかけたところをフリオとリースに救われ、以後フリオ家にいついているエリナーザ達の姉的存在。


フリオとリースは、龍人《ドラゴニュート》であるワインの急降下体当たりをその場で受けとめる。

しかし、常時防御系魔法を体の周囲に発動させているフリオの周囲に無数の魔法陣が展開し、その威力を完璧に吸収していった。

そのため、フリオとリースは、ワインを優しく抱きとめることが出来ていたのであった。

「さすが旦那様ですわ。さすがの私でも、ワインの全力アタックを受け止めるのには少々手を焼きますのに……」

リースが優しい笑みを浮かべながらワインの頭を撫《な》でている。

その言葉通り、リースの両手両足は獣化し、牙狼の尻尾も具現化しており、ワインの全力アタックを文字通り全力で受け止める態勢を瞬時に整えていたのであった。

フリオはそんなリースとその胸に抱きついているワインの様子を、自らもまたそっと抱きしめながら見つめている。

(……そういえば、ワインって、カルゴーシ海岸《こ》によく遊びに来ているって言っていたっけ……)

そんなことを考えていたフリオは、納得したように一度頷《うなず》くと、その視線をバンピールジュニアへ改めて向ける。

「……あの、バンピールジュニアさん。さっきの冒険者訓練所の話って、ひょっとしてワインから聞かれました?」

「あ、えっと……その……はい」

バンピールジュニアはフリオの言葉にあたふたしながらも小さく頷いた。

その言葉に、リースが、

「もう、ワインったら。訓練所の話は、まだ家族以外にしてはダメ、って、言っておいたでしょう?」

ワインの鼻の頭を『めっ』と、優しく叱る感じで押さえた。

「うん!　だから、家族にしか言ってない!　言ってない!　ほら!」

そう言ってワインが上空を指さす。

「「家族?」」

きょとんとしながら、ワインが指さした方向へ視線を向けるフリオとリース。

その視線の先には、大きな羽根を羽ばたかせながら下降してくる一人の亜人の男の姿があった。

その肩に、自らが仕留めたと思われるマウントボアを軽々と担いでいるその男は、

「ワインちゃん、こいつで全部っしゃ」

ワインに向かって笑顔を向けていく。

そんな男を見つめながら、フリオは、

「誰かと思ったら……ロップロンスくんか」

納得したように、大きく頷いた。


——ロップロンス。

カルゴーシ海岸を治めているバンピールジュニアの使い魔で、怪鳥人族《モンスターバードピープル》。

幼少の頃よりバンピールジュニアの元で、ロリンデームとポルセイドンの英才教育を受け、亜人では成人年齢と呼べるくらいにまで成長している。


フリオの言葉に、リースもまた目を丸くしていく。

「あらあら、前にホウタウの街で会った時は、まだ成人前で、小柄でかわいらしい姿でしたのに……見違えましたわね」

リースの言葉通り、かつて人型の姿が少年にしか見えず、怪鳥人《モンスターバードピープル》族にもかかわらず、獣化していた際も、魔獣の中型鳥族と大差なかったロップロンス。

しかし、その容姿はたくましく成長しており、フリオと同じくらいの背格好になり、背の羽根も、ワインのドラゴンの羽根と遜色ない大きさにまで成長していたのであった。

肩にのせていたマウントボアをおろすと、ロップロンスは改めてフリオとリースへ向き直っていく。

「あ、あの……えっと……その……」

ロップロンスはその場でビシッと気をつけをし、挨拶をしようとしている。

しかし、その頬は赤く染まって声は上ずり、言葉もうまく続いていかない。

ロップロンスが言い淀《よど》んでいると、そこにワインが駆け寄っていき、

「今のロプロプ、なんかおかしい！　おかしい！　ボアボア狩ってる時は普通だったのに！　のに！」

ニシシと笑みを浮かべながら、ワインがロップロンスの腕に抱きつく。

むにゅ。

その拍子に、ワインの豊満な胸がロップロンスの腕を挟み込んだ。

「ふ、ふぉっしゃあ!?」

その感触に、思わずその場で飛び上がる。

顔を真っ赤にしてパクパクと口を開閉し、まともに言葉を発することが出来ないでいた。

「うにゅ？　ロプロプ？　どうかしたの？　したの？」

ロップロンスが完全に動かなくなったことに気づいたワインは、怪訝な表情を浮かべながら、ロップロンスの頬を頭の角《つの》で器用につついていく。

その間もワインに抱きつかれたままのロップロンスは、ワインの胸の感触をダイレクトに感じ続け、一歩も動けなくなっていた。

そんな二人の様子を、フリオとリースは少し離れた場所から見つめている。

「あらあら……体はずいぶん大きくなったみたいですけど……あの程度で動けなくなってしまうようでは、旦那様の配下に加えるにしてはちょっと物足りないといいますか……」

リースはロップロンスの様子を値踏みするかのように観察する。

その言葉に、フリオは、

「い、いや……その、配下とかそういうのではなくて……大切なのはワインの気持ちというか……」

苦笑しながらリースへ視線を向けた。

血のつながりこそないものの、かつて森の中で空腹のため行き倒れていたところを助けて以来、養女として家族に迎えているワインのことを、フリオもリースも、とても大切に思っていた。

それだけに、リースは牙狼族として、しっかりと相手を見極めようとしている。

一方、フリオは人種族として、二人のことを優しく見守っていた。

二人とも、それぞれの立場から、ワインとロップロンスのことを見つめていた。

そんな二人の視線の先……

「パパンも、ママンも何を言ってるの？　言ってるの？」

ワインが怪訝そうな表情で二人に視線を向ける。

「あぁ、いや……ワインは、ロップロンスと仲が良いんだなぁって思ってさ」

フリオの言葉に、ワインはニカッと満面の笑みを浮かべる。

「うん！　ワイン、ロプロプ大好きなの！　なの！」

ワインは抱きしめているロップロンスの腕をさらに強く抱きしめる。

「ふ、ふぉっしゃあ!?」

その言葉に、ロップロンスはさらに顔を赤くし、上ずった声をあげた。

（……ワワワ、ワインちゃんがぼぼぼ、僕のことをだだだ、大好きって……）

困惑しながら、必死に思考を巡らせる。

そんなロップロンスの腕を抱きしめたまま、ワインは、

「ガリガリと、エリエリと、リヴァリヴァの次くらいに大好き！」

満面の笑みで言葉を続けた。

その言葉を聞いたフリオは、

「……そ、それって……恋愛って意味じゃなくて……兄弟的な……ってことかな」

苦笑して頷く。

「どうも、そのようですわね」

フリオの言葉に、リースも腕組みをし、大きく頷いていた。

その隣に、バンピールジュニアが歩み寄ってくる。

「……あ、あの……ワインさんには、カルゴーシ海岸《こちら》に来てくださった際に、魔獣退治もしていただいていて本当に助かっておりまして……いつも申し訳なく思っております、です、はい……」

その場で、ペコペコと頭を下げる。

「いえいえ、お気になさらないでください。我が家のワインも、散歩がてら、あちこちに飛んで行くのが大好きですし、カルゴーシ海岸《ここ》の事も気に入っているみたいですので、遊びに来たついでに、皆様のお役に立てているのでしたら何よりですよ」

フリオはバンピールジュニアの言葉にいつもの飄々とした笑顔で返事をする。

その会話を、ロリンデームやポルセイドン達は少し離れた場所から見つめていた。

ロリンデームは、つつつと、ポルセイドンの隣へ移動すると、長い髭を引っぱり、

「いたた、これ、ロリンデーム、何をするぞい!?」

痛がるポルセイドンの事などお構いなしとばかりに、その場で片膝をつかせる。

そして小柄な体を伸ばし、ポルセイドンの耳元に口を寄せた。

「あのさぁ……ワイン様って、ホウタウの街からここまで遊びに来てるわけじゃない？」

「ん？　あぁ、そうじゃの」

「っていうかさ……カルゴーシ海岸から、ホウタウの街までってさ……荷馬車だと一月近くかかるんじゃね、みたいな？」

「じゃ、じゃが、最近就航しておる定期魔導船じゃと、半日くらいと聞いておるぞい？」

「でもさぁ……ワイン様ってさ、『朝のお散歩！　お散歩！』とか言って朝早くにやってきてさ、『朝ごはんの時間なの！　なの！』って言いながら帰っていくじゃん？」

「……た、確かにそうじゃが……」

「つまり、さ……定期魔導船よりも早く、さ……しかも、超長距離をお散歩気分で往復出来ちゃう、みたいな？」

「……い、言われてみれば確かにそうじゃの……」

「と、なると……あのワイン様と、さ……ロップロンスが結婚したりなんかしたら、このカルゴーシ海岸一帯の警備を……」

「おぉ！　それは名あ……」

ロリンデームとポルセイドンは満面の笑みを浮かべて顔を見合わせる。

しかし、

そんな二人の顔の間に、いきなり長剣が伸びてきた。

「「ひっ!?」」

二人はいきなりの事に、びっくりして後ずさりする。

その長剣は、バンピールジュニアの右手に握られていた。

「……いけません……そんな他力本願な事を考えるのは……」

幼い顔立ちのバンピールジュニアは、頬を少し膨らませながら、長剣をゆっくりおろした。

すると、その長剣はバンピールジュニアの右手に吸い込まれるように収束し、その体を伝って、バンピールジュニアの下半身を覆っていく。

「あの、バンピールジュニアさん……今のって、魔法なのですか？　それにしては魔力を感じなかったのですが……」

その光景を最初から見ていたフリオは、びっくりした表情を浮かべながらバンピールジュニアへ声をかけた。

「……あ、あの……これは、魔装衣装と言いまして……魔力は使用するのですが、身に着けているこの魔装衣装を武具に変化させる事が出来まして……体内の魔力だけでなく、魔石の魔力を利用して使用することも出来る品物でして……」

「へぇ、それで、どれくらいの大きさの武具まで生成出来るのかしら？」

バンピールジュニアの言葉に、リースが興味津々といった様子で言葉を挟んだ。

「あ、えっと……そうですね……最大だと……」

バンピールジュニアが右手を伸ばすと、その体を覆っている衣装がバンピールジュニアの右手に収束し、その手の先に巨大なバスターソードを作り出していく。

「あらあら、ご自分の身長よりも大きい武具を生成できるのね」

関心した様子で、バスターソードを見つめる。

「……ただ、その……大きさはそれなりに調整出来るのですが……使用者の筋力に応じた重さで調整されますので、非力な私が生成すると、大きくはあるものの、重さがない武具になってしまうので……知識があれば、魔導銃や、魔法盾なども生成できますので、用途は様々なのですが……その……ちょっと問題がありまして……その、二つほど……」

「問題が?」

「二つですか?」

バンピールジュニアの言葉に、フリオとリースは彼女へ視線を戻していく。

その視線の先で、バスターソードを構えているバンピールジュニアは、
なぜか、下着しか着用していないという、あられもない姿になっていた。

「え？」

「なぜそのような姿に？」

その光景に、フリオとリースは揃って目を丸くする。

そんな二人の前で、バンピールジュニアは、

「……そ、その……魔装衣装の問題点といたしましてですね、魔装衣装を着用している者の体から離れることが出来ないのと……その、すべてを武具に変換してしまうと……こ、このように、お見苦しい姿をさらしてしまうと申しますか……」

透き通るような白い肌を真っ赤にしながら、慌てた様子でバスターソードを着衣に戻していく。


なお、その間……


後方で控えていたポルセイドンとエドサッチ、ならびにその配下の者たちは、

「見えると思った？　残念でした、みたいな」

体を膜状にしたロリンデームによって視界を遮られてしまい、バンピールジュニアのあられもない姿を見る事は出来ずにいたのであった。

◇ホウタウの街・フリース雑貨店◇

まだ開店時間前のフリース雑貨店。

店の前には『開店前』をあらわす看板が掲げられており、店内では、早出の店員たちが忙しそうに開店準備を行っている。


そんなフリース雑貨店の裏。


荷物を積んだ荷馬車の荷下ろし場の脇、地面の上に魔法陣が展開していく。

程なくして、魔法陣の中から黒い扉が出現し、その扉が開くと、まずフリオが姿をあらわした。

「では、ご要望の件に関しましては、こちらでも検討いたしまして早急にお返事できるようういたしますので」

扉の向こうには、カルゴーシ海岸が広がっており、バンピールジュニアの一団がフリオのことを見送っていた。

その先頭に立っているバンピールジュニアは、フリオの言葉に、

「……お手数おかけしますが、よろしくお願いします」

そう言って、深々と頭を下げる。

バンピールジュニアに合わせて、後方の面々もまた、

「「「よろしくお願いします！」」」

大きな声をあげながら、一斉に頭を下げた。

その声に見送られながら、フリオに続いてリース、ワインが転移ドアをくぐってくる。

フリオが右手をおろすと、転移ドアが閉まって魔法陣の中に消えていき、魔法陣そのものもまた、消え去っていく。

「それにしても、『部下達の陸上訓練用の設備』の依頼ですか。旦那様のお手を煩わせなくても、この私が毎日出向いて、皆をしごいてあげれば済む話だと思うのですが？」

リースが腕組みして首を傾げる。

「ワインも！　ワインもお手伝いに行くの！　行くの」

リースの言葉に、ワインが笑顔で飛び跳ねる。

そんな二人の様子を、フリオが苦笑しながら見つめていた。

「確かにそれもいいアイデアなんだけどさ……それより、ほかにもいろいろと案件があるし、それとの兼ね合いもあるというか……僕としてもいろいろと考えている事もあってさ。この件については、僕に任せてくれないかな？」

「まぁ、旦那様がそうおっしゃられるのでしたら……でも、旦那様」

リースが小走りでフリオの前に移動すると、腰に手をあて、顔をフリオの眼前に突き出した。

「確かに旦那様は、なんでも出来てしまう素晴らしいお方です……でも、だからといってなんでもかんでもお一人で抱え込まないで、私の事も頼ってくださいましね？」

拗《す》ねたように頬を膨らませながら、真正面からフリオを見つめる。

そんなリースの言葉に、フリオは、

「ありがとうリース。君がそうやって僕のことを気遣ってくれるから、本当に助かっているよ」

にっこり微笑《ほほえ》み、リースの頭を優しく撫でる。

「わかってくださっているのでしたら、よろしいですわ」

フリオの言葉に、リースは笑みを浮かべた。

「ママンずるい！　ずるい！　ワインも！　ワインも！」

そんなリースとフリオの間に割り込んできたワインが、つま先立ちになりながらフリオに向かって頭を突き出す。

龍人《ドラゴニュート》のため、頭の左右に角が生えているワインだけに、その角がフリオに当たりそうになる。

しかし、フリオの周囲には、防御魔法が常時発動しているため、ごく自然な動きでその角をかわした。

「わかったよワイン、これでいいかい？」

フリオが笑顔でワインの頭を撫でる。

その感触に、ワインもまた満面の笑みを浮かべた。

しばし、その場に立ったまま、リースとワインの頭を撫でるフリオだったが、

「……至高なる御方《おんかた》、そして奥方様……仲睦《なかむつ》まじいのは良き事かと存じますが……」

そんな三人の後方に、ヒヤが姿をあらわした。


――ヒヤ。

光と闇の根源を司《つかさど》る魔人。

この世界を滅ぼすことが可能なほどの魔力を有しているのだが、フリオに敗北して以来、フリオのことを『至高なる御方』と慕い、フリオ家に居候している。


胸の前に手をあて、恭しく一礼するヒヤ。

「今日はいろいろと予定が立て込んでいる、と、お聞きしていたように記憶しているのですが？」

「あ！　そうでした、そうでした！」

ヒヤの言葉に、リースが慌てた様子で頭をあげる。

「旦那様、今日は朝のうちにホウタウの街の冒険者組合と、街役場、それに、ホウタウ魔法学校にも出向かないといけませんのでしたわ！」

リースが慌てた様子でフリオの手をとる。

そんなリースに引っ張られるようにして、フリオもその場から駆け出す恰好になった。

「ヒヤ、気づかせてくれてありがとう」

「いえ、至高なる御方の大切な家族のスキンシップのお時間を邪魔するという愚行を犯してしまいましたこの私を、快く許してくださった事にこそ、心より感謝を申し伝えさせて頂きます」

深々と一礼するヒヤに、笑顔で手を振るフリオ。

「じゃあ、ワインも一緒に……」

二人を追いかけるように、ワインもその場から駆けだそうとする。

そこに、

「ワインお嬢様！」

フリース雑貨店の店舗の方から、タニアがすさまじい勢いで駆けてくる。


——タニア。

本名タニアライナ。

神界の使徒であり強大な魔力を持つフリオを監視するために神界から派遣された。

ワインと衝突し記憶の一部を失い、現在はフリオ家の住み込みメイドとして働いている。


タニアが荷物を運んでいる店員達の合間を縫うようにして疾走する。

「あ、タニタニ!?」

振りむき、その姿を確認したワインは、思わず眉間にシワを寄せた。

同時に、走ってくるタニアから逃げるように、背に竜の羽根を具現化させてワインが飛翔する。

「逃がしませんよワインお嬢様！　外出時には必ず下着を着用なさるようにと、あれほど厳しくお伝えしておりますのに、まぁた、下着を身に着けずに、よりによってカルゴーシ海岸までの長距離を飛翔して行かれたなんて……このタニア、今日という今日は許しません！」

タニアの手には、ワインの下着が握られている。

そんなタニアに対し、ワインは、

「や～の！　や～の！　下着、気持ち悪いの！」

口をへの字に曲げたまま、全力で上昇していく。

「ワインお嬢様！」

言葉と同時に、タニアは自らも背に羽根を具現化させ、飛翔していく。

元神界の使徒だけに、高速で飛翔する事にも長《た》けているタニアだが、ワインの方が身体能力で勝《まさ》っているため、なかなか追いつけない。

それでも、ワインの真後ろをピッタリ追走していく。

ワインは、いつものポンチョ風の衣装を頭から被《かぶ》っているだけのため、追走しているタニアの目には、ワインの下半身が……

「ワインお嬢様ぁ！　フリオ家のメイドとして、許すわけにはいきませんわぁ！」

タニアが目を見開き、飛翔速度をあげる。

「や～の！　や～の！」

ワインは空中で急旋回したり、急降下したりして、必死に逃げていた。

そんな二人の様子を、ヒヤが腕組みをしながら見つめている。

「ふむ……今日の追いかけっこは、一段と白熱していますね……それにしても、記憶をなくしているとはいえ、神界の使徒の能力を駆使しているタニアに対し、一歩も引けをとっていないワイン様ですか……なかなか興味深いですね」


ヒヤの言葉通り……

フリオ家の一員となったばかりの頃のワインは、龍族とはいえまだ幼く、フリオ家のメイドになったばかりの頃のタニアの追跡にはあっさり捕まる事が多かった。

しかし、そんなワインも、人種族で言うところの成人と言える年齢になっており、今では、タニアが全力を出してもなかなか捕まえられなくなっていた。


ヒヤはそんな二人の追いかけっこを、興味深そうに見つめ続けている。

不意に、そんなヒヤの脳内に、

『おいおい、そんなにのんきに構えていていいのか、おい？』

ダマリナッセの声が響いてきた。

——ダマリナッセ。

暗黒大魔法を極めた暗黒大魔導士。

すでに肉体は存在せず、思念体として存在している。

ヒヤに敗北して以降、ヒヤを慕い修練の友としてヒヤの精神世界で暮らしている。

『このあいだも、あの追いかけっこが白熱しすぎたせいで、定期魔導船にぶつかりかけたじゃないか。そろそろ今日も朝一の荷物輸送便が……』

ダマリナッセの言葉に呼応するように、フリース雑貨店の隣に設置されている魔導船発着場の一角から、一隻の定期魔導船が浮上を始めた。

通常の定期魔導船は、魔導船発着場内に設置されている乗降タワーに接岸し、そこから乗客が乗降しているのだが、荷物輸送便は、荷物を満載した荷馬車が魔導船内に入っていくため、地上に着陸した状態で荷馬車の乗降を行っており、魔導船の発着も地上から直接行われている。

その、朝一番の荷物輸送便がゆっくりと上昇しはじめていたのである。

「ふむ……ダマリナッセの言うとおり、これはちとまずいかもしれませんね」

ヒヤの視線の先には、上昇中の定期魔導船に向かって飛行しているワインと、それを追いかけているタニアの姿があった。

ヒヤが右手を伸ばし、魔法を詠唱しようとする。

「……おや？」

しかし、その視線の先、高速で飛行しているワインの前方の空間に、いきなり巨大な魔法陣が出現した。

「あにゃにゃ!?」

ワインは進行方向にいきなり出現した魔法陣を前にして、慌てて羽根をばたつかせて方向転換しようとする。

しかし、勢いがつきすぎていたために停止することが出来ず、そのまま魔法陣の中へ突っ込んでしまう。

その光景を、右手を伸ばしたままの状態で見つめていたヒヤは、

「あの魔法陣……なるほど、エリナーザ様がすでに対策をなさっていたということですか」

納得したように頷いた。

◇？？？◇

魔法陣に突っ込んでしまったワインは、その魔法陣の出口がある、とある部屋の中に出現していた。

「うきゃあ⁉」

悲鳴をあげながら、空中でもがく。

その視線の先、魔法陣の出口の先には蜘蛛《くも》の巣状の魔法陣が展開し、ワインの体はそのど真ん中に突っ込んでいった。

ワインは蜘蛛の巣に捕らえられた昆虫のように、大の字になって身動きが出来なくなってしまう。

そんなワインのもとに、エリナーザが歩み寄っていく。

――エリナーザ。

フリオとリースの子供で、ガリルの双子の姉で、リルナーザの姉。

しっかり者で魔法の探求に没頭している。重度のファザコンをこじらせている。

最近は、魔導書の収集と実践に余念がない。

「もう、ワイン姉さんってば……この前、定期魔導船にぶつかりそうになって、パパに怒られたばかりじゃないの」

エリナーザは研究の際にいつも身に着けている普段着はそのままに、かけていたメガネを外して大きくため息を漏らした。

そんなエリナーザに、ワインは、

「あ、あはは……エリエリ、ごめん、ごめん」

苦笑しながら言葉を発する。

しかし、蜘蛛の巣状態の魔法陣にべったり張り付いているため、まったく体を動かせずにいた。

「あ、えっと……ここって、エリエリのお部屋？　お部屋？」

「えぇ、私の研究室……の、隣の部屋に急遽《きゅうきょ》作った、ワイン姉さんの捕獲場所、とでも言うべき部屋かしら」

エリナーザはワインが捕縛されている魔法陣に向かって右手を伸ばす。

小さく詠唱すると、ワインを捕らえていた魔法陣が消滅し、

「ワプッ!?」

床の上に落下した。

床に打ち付けた顔を右手で押さえる。

「ちょっと大じょ……って、ワ、ワイン姉さん？」

ワインを助け起こそうと歩み寄ったエリナーザは、倒れこんだせいでポンチョがめくれあがってしまったワインの下半身を見て、目を丸くした。

下着を身に着けていないワインのお尻が丸見えになっていたのである。

「も、もう、ワイン姉さんってば……また下着をつけていなかったのね」

やれやれといった様子で再びため息を漏らす。

そこに、

「まったくです！　本当に困ったものです！」

怒声を張り上げながら、室内にタニアが飛び込んできた。

ワインの後方に着地すると、

「おとなしく、下着を身に着けてください！」

一動作で、ワインに下着を穿《は》かせる。

「うぅ……気持ち悪いの……あれ？　あれ？」

ワインは涙目になりながら下着を脱ごうとする。

しかし、なぜか下着に指が引っかからないため、困惑した表情を浮かべる。

タニアはそんなワインの眼前に立ちはだかり腕組みをする。

「その下着は、私の許可がないと脱ぐことが出来ない魔法をかけております」

「うにゃあ!?」

タニアの言葉に、自らの頬を両手で押さえながら飛び上がった。

「いいですか、とにかく、今度こそ下着をですね……」

タニアはそんなワインに対し、こんこんと説教を続ける。

そんな二人の様子に、やれやれといった様子で肩をすくめたエリナーザは、隣の部屋へ向かって歩きはじめた。

「……ところで、エリナーザお嬢様」

「何かしら、タニア？」

そんなエリナーザを、タニアが呼び止める。

先ほどまでワインに向けていた視線をゆっくりとエリナーザへ向けていく。

「このお部屋……エリナーザ様の研究室、と、先ほど言われていたように思うのですが……ここって、球状世界の外ですよね？」

「……あ」

タニアの言葉に、『しまった』といった表情を浮かべる。

その表情を確認したタニアは、ずかずかとエリナーザの元へ歩み寄っていく。

「前に、何度も申し上げたはずですよね？　クライロード球状世界の外側に、精神世界を構築する要領で、小型の球状世界を構築して、その中にご自分の研究室を作るのはおやめくださいと」

「あ。いえ……そ、そうね……」

「ただでさえ、このクライロード球状世界は、魔法防壁が短期間に何度も破損するなど、通常ではありえない事象が発生しているため、神界の女神にも警戒されて、特別に監視されていると考えた方がいい、とお伝えしたはずですが……そんな中で、球状世界の外にこんな空間を作り出している球状世界の住人がいるなんて、神界に知られでもしたら！」

「あ、はい……そ、そうですね……」

語気を荒らげて詰め寄るタニアに対し、エリナーザはタジタジになっていた。

いつもは冷静沈着で、何事にも動じないエリナーザ。

そんなエリナーザが、しどろもどろになっている様子を前にして、隣の部屋で作業を行っていた、エリナーザが作り出した魔人形達まで顔を出し、物珍しそうにその光景を眺めていた。

それは、ワインも同様で、

「……ほへぇ……タニタニってば、すごいの……」

エリナーザを問い詰めているタニアの様子を、ぽかんとした表情を浮かべながら見つめていたのだった。


なお、その間も、無意識のまま下着を脱ごうとしていたのは言うまでもない。

◇同時刻・ホウタウの街・定期魔導船◇
定期魔導船の操舵室の中で、グレアニールは大きく息を吐き出していた。

――グレアニール。

元魔王軍諜報《ちょうほう》部隊「静かなる耳」のメンバー。

現在はフリース雑貨店の人事担当責任者を務めており、後輩の指導と同時に忙しい部門の手伝いを行っている。

「ふぅ……ワイン様と、タニア殿が接近してきたときはどうなるかと思ったでござるが……あの魔法陣のおかげで助かったでござる。やはりエリナーザ様に相談しておいて正解だったでござるな」

安堵《あんど》した様子で、改めて舵《かじ》を握りなおすグレアニール。

「いつも安全には気を付けているでござるけど……今日乗せている荷馬車部隊のリーダーはダクホースト殿だし……特に気を……」

小声でぼそぼそつぶやきながら、グレアニールはその頬を赤く染めた。

その声を近くで聞いていた操舵の補佐を行っている魔忍族の女達は、

(……隊長、またいってるのさね)

(……ダクホースト様のことになると、すぐポンコツになるのよさ)

(……いい加減付き合えばいいと思うのねね)

内心でそんな事を考えながら、一斉にため息を漏らした。

……その頃。


グレアニールが操舵している定期魔導船は、通常の定期魔導船とは違って客席がなく、船体の内部すべてが荷馬車を詰め込める仕組みになっている。

その荷馬車部隊の先頭、荷台の上に立ち、荷馬車の様子を見回している大柄な男の姿があった。

「ふえっくしょい」

その男は、いきなり大きなくしゃみをすると、慌てて口元を引き締めた。

「大丈夫ですか？　ダクホースト様」

近くの荷馬車の操馬台に座っていた男が声をかけた。

その声を受けて、大柄な男――ダクホーストは、

「あぁ、心配ない。大丈夫だ」

笑顔で頷いた。


――ダクホースト。

元魔王軍四天王スレイプの部下だった魔馬。

現在はフリース雑貨店の輸送関連部門の責任者となっており、仕事の合間にはフリース魔獣レース場のレースにも参加している。

「っかしいな……風邪を引いたわけじゃないし……」

ダクホーストは口元を押さえながら首をひねる。

そんなダクホーストを、周囲の荷馬車の操馬台に座っているダクホーストの部下達が見上げる。

（……いや、あのくしゃみはきっとグレアニール様か、その取り巻きが、ダクホースト様の噂話《うわさばなし》をしているからに違いない）

（……ほんと、ダクホースト様とグレアニール様が両想《りょうおも》いなのは、フリース雑貨店のみんなが知っているというのに……）

（……なんで、肝心のご本人達がこうも奥手というか、及び腰というか……）

周囲の皆は、そんな事を小声でささやきあう。

その度に、ダクホーストのくしゃみが船内に響き渡っていったのは言うまでもない。

◇ホウタウの街・街道◇

数刻後……

フリオとリースは、ホウタウの街の街道を並んで歩いていた。

この街道は、ホウタウの街の中心にある、街役場を中心に東西南北に延びており、二人が歩いているのは、西方に延びている街道だった。

「どうにか、冒険者組合と、街役場での話は無事に終わったね」

両手を組み合わせ、空に向かって伸びをしていくフリオ。

「話は早く終わりましたけど……いろいろとめんどくさいですわね」

その隣で、リースが不満そうにため息を漏らす。

「冒険者組合からは、

『新しく冒険者になった者達の鍛錬の場を設けることが出来ないか』

街役場からは、

『周辺の街や国から移住してくる人たちを受け入れるための店舗の確保に協力してもらえないか』

でしょう？

どちらも、冒険者組合なり、街役場なりが勝手にやればよろしいのではありませんこと？

なぜ、ただでさえお忙しい旦那様の手を煩わせなければならないのです？」

不満そうに、頬を膨らませるリース。

そんなリースの様子に、フリオは思わず苦笑した。

「それについては、冒険者組合の組合長さんも、街役場の担当者さんも申し訳なさそうに言われてたじゃないか。

　冒険者組合の組合長さんの話だと、魔王軍との間に休戦協定が結ばれて、傭兵《ようへい》仕事を生業にしていた人たちが大挙して冒険者に転身しているものの、その技量に個人個人でかなり差があって、組合として仕事を依頼するのが危なっかしいって」

「そのために、フリース雑貨店の武具試用施設を拡大したような施設を冒険者組合にも作ってもらえないか、って話でしたわね……それにしても」

　リースが大きくため息を漏らす。

「そういった事が起きないために、個々の技量に応じた階級を発行していたのではありませんの？」

「その階級なんだけど、クライロード軍に従軍した経験があると優遇される制度があったそうでさ、傭兵として従軍しただけ……場合によっては、物資を輸送しただけで階級が上がるケースがあったとかで、いざ、冒険者として活動してみたら階級と実力が乖離《かいり》していたって事案が多発しているらしいんだよね」

「はぁ……まぁ、事情はわかりますけど……そんな事をして、何の得があるというのでしょう」

「階級があがると、護衛任務を行うにしても低ランクの冒険者よりも高ランクの冒険者の方が賃金が多くもらえるとか……」

「はぁ……人種族の世界の仕組みというのは、めんどうくさいのですわね」

　フリオの言葉に、リースがあきれたような表情を浮かべる。

「でも、まぁ……旦那様とお揃いというのは、悪くありませんわ」

そう言うと、首にかけている冒険者の階級証を手にとった。


冒険者の階級証。

それは、この世界に転移してきたばかりの頃、とりあえず冒険者として生計を立てようと考えたフリオが、行動をともにし始めたばかりのリースと一緒に冒険者組合に登録した際に入手した物だった。

その後も、一緒に階級をあげ続けているため、二人の階級は常に一緒であり、現在は、クライロード魔法国の冒険者の中でも最高レベルの、黄金級になっている。


「そうだね、リースと一緒っていうのは、やっぱり嬉しいよね」

フリオもまた、自分の首にかけている階級証を手にとる。

二人の階級証は、ともに同じ色をしていた。

それを、互いに確認しながら笑顔を浮かべ合う。

「……まぁ、冒険者組合の件はわかりました……ただ、街役場の件はどうなのです？」

「あぁ、それに関しても、フリース雑貨店……というか、店舗の周囲と、家の周囲の状況が影響していたからね」

「フリース雑貨店と家の間に新しい店舗や家屋を増設してほしい、って話でしたけど、なんでまた、我が家の近くなんです？　フリース雑貨店の逆方向にも、空地はあるはずでしょう？」

「それはほら、フリース雑貨店の隣には、定期魔導船の発着タワーがあるじゃないか。そこからホウタウの街にやってくる人が多いからね。それにその近く、フリース雑貨店と、我が家の間は、ホウタウの街のはずれっていうのもあって、未開発の土地も多いし、すでに開発が終わっている街中を再開発するよりもいろいろとやりやすいしね」

「それはそうかもしれませんけど……フリース雑貨店と我が家の間にある城壁も移設なり延長なりしろって……しかも、それにかかる費用もすべてこちら持ちというのは、納得いきませんわ」

「リースの言うこともっともだけどさ、その代わりに、開発に使用した土地は無償で提供してもらえるし、新しく建設した店舗や住居の賃貸料はフリース雑貨店が管理していいって話だし、それに今まで街役場がいろいろと配慮してくれたおかげでフリース雑貨店の周囲の土地は、僕たちが優先的に使用させてもらえているわけだしさ。

　そのおかげで、定期魔導船関連の施設や、魔獣レース場もスムーズに建設出来たわけだしね」

　フリオの説明を受けたリースは、それでも不満そうな表情を浮かべてはいるものの、

「まぁ……旦那様が、納得なさっているのでしたらいいのですけど……」

　しぶしぶといった様子で小さく頷く。

「とにもかくにも、小難しい話もあと一息だし、それが終わったら何か美味《おい》しい物でも食べに行か

ない？」

リースに向かって、いつもの飄々とした笑みを浮かべる。

その言葉に、それまで曇らせていた顔をぱぁっと輝かせたリースは、

「はい！　わかりました！」

そう言ってフリオの腕に抱きついた。

「じゃあ、早速次の場所に向かおうか」

「了解しました！」

仲良く寄り添い合った二人は、西方に向かって歩みを早めていった。

◇ホウタウの街・フリース雑貨店◇

フリース雑貨店。

かつて、ホウタウの街の西の外れにあった空き店舗をフリオが買い取り、開店した店。

かつて空き店舗だったことでわかるように、フリオがこの店を買い取るまで、西のはずれということもあって店の周囲は閑散としており、人の往来も少なかった。


そんな話も今は昔。

開店前の店内では、多くの店員が忙しそうに動き続けていた。

そんな中、フリース雑貨店の店員全員が身に着けているのと同じエプロンを身に着けているバリロッサは、

「あぁ、スノーリトル、それはこっちに運んでくれないか？　それは今日の特売品だからな」

手に持っている書類の内容を確認しながら、近くを移動していた店員――スノーリトルに声をかける。


――バリロッサ。

元クライロード城の騎士団所属の騎士。

今は騎士団を辞め、フリオ家に居候しながらフリース雑貨店で働いている。

ゴザルの二人の妻の一人で、ゴーロの母。


――スノーリトル。

ガリルの同級生だった女の子。

稀少《きしょう》種属である御伽《おとぎ》族で召喚魔法を得意にしている。

ガリルにほのかな恋心を抱いており、ホウタウ魔法学校を卒業後、フリース雑貨店に就職している。

「あ、はいわかりました」

そう言うと、スノーリトルは指示された方へと移動する。

すると、その後方に付き従っていた小人達も、付き従うように一斉に方向転換した。

小人達は、スノーリトルが御伽《おとぎ》族の能力を駆使して召喚している使い魔たちである。

召喚主であるスノーリトルに従順な一同は、スノーリトルの後方を隊列を組んで歩いていく。

「スノーリトルちゃん、今日もよく働くねぇ」

棚の商品を補充している店員が笑顔で声をかける。

「あ、はい。ありがとうございます」

そんな店員に笑顔を返すスノーリトル。

その笑顔とは裏腹に、その内心には困惑した感情が浮かび上がっていた。

（……お、おかしいですわ……ガリル様のご実家が経営されているフリース雑貨店《このおみせ》で働いていれば、
ガリル様のお父様やお母様に気に入られて、ゆくゆくは、

『働き者だし、綺麗《きれい》なお嬢さんだね。ぜひウチの息子のお嫁さんになってほしい』

って、言ってもらえると……そう、まずは外堀から埋める作戦でしたのに……）

そんな事を考え、思わず顔を曇らせる。

その変化に気が付いたバリロッサが、

「スノーリトル、どうかしたのか？」

歩み寄って声をかける。

「あぁ、いえ、どうもしてはおりませんのです……ただ……その……今日は、ガリル様のお父様は……」

「あぁ、フリオ様なら、今日はあちこちから寄せられた案件に対応するために、朝早くからリース様と一緒に出張されているはずだが？」

「あ、そ、そうですか……」

「うむ？　それがどうかしたのか？」

「い、いえ、べ、別になんでもありません。あ、品出し急ぎますね」

愛想笑いを浮かべながら、店の奥へと向かう。

「うむ？……まぁ、何もないのであればいいのだが……」

バリロッサはスノーリトルの後ろ姿を見送りながら首を傾げた。

「あはは。相変わらずバリロッサは鈍いニャ」

そんなバリロッサの元に、ウリミナスが歩み寄る。


——ウリミナス。

魔王時代のゴザルの側近だった地獄猫《ヘルキャット》族の女。

ゴザルが魔王を辞めた際に、ともに魔王軍を辞め亜人としてフリース雑貨店で働いている。

ゴザルの二人の妻の一人で、フォルミナの母。


「ウリミナス殿よ、鈍いとはどういうことだ？」

バリロッサが怪訝そうな表情をウリミナスへ向ける。

その視線の先で、書類の束を抱えるウリミナスは、

「そんニャの、決まってるニャ」

ニヤニヤ笑みを浮かべながら、バリロッサの耳元に顔を寄せた。

そのまま、小声で話すウリミナスの言葉を、ふんふんと頷きながら聞く。

その話を一通り聞き終えたバリロッサは、自分の中で考えをまとめているのか、しばらくうんうんと頷いていたのだが、納得したように一度手を叩《たた》いた。

「つまり、スノーリトルは、ガリル殿に対して恋愛感情を持っていて、その親であるフリオ様とリース様の前でいいところをアピールしようとしているという事なのか？」

「そう言う事ニャ。まぁ、スノーリトルの場合、フリオ殿とリースがいニャい時でもしっかりと仕事を頑張ってくれているし、問題はニャいけどニャ」

ウリミナスは楽しそうにクスクス笑みを浮かべる。

そんなウリミナスの前で、バリロッサは腕組みをすると、

「なんでそんな回りくどいことをするのだ？　好きなら好きと、直接ガリルに伝えればいいではないか」

真顔で、ウリミナスを見つめた。

その言葉に、ウリミナスは目を丸くする。

（……あ～、そっか……）

内心で何かに納得し、小さくコクコクと頷いたウリミナスは、

「じゃあ、バリロッサは、今すぐゴザルに『愛している』って言えるのかニャ」

そう言うと、

「お～いゴザル、ちょっとこっちに来てほしいニャ」

店の奥で作業しているゴザルに向かって声をかけた。

「うむ？　何か用事か、ウリミナスよ」

ウリミナスに呼ばれ、ゴザルが店の奥から姿をあらわす。

――ゴザル。

元魔王ゴウルである彼は、魔王の座を弟ユイガードに譲り、人種族としてフリオ家の居候として暮らすうちに、フリオと親友といえる間柄となっていた。

今は、元魔王軍の側近だったウリミナスと元剣士のバリロッサの二人を妻としている。

フォルミナとゴーロの父でもある。

ゴザルは大きな木箱を肩に担いだまま、ウリミナス達の方へと近寄ってくる。

最初、ウリミナスに言われた言葉の意味がすぐに理解できなかったらしく、しばしその場で惚《ほう》けていたバリロッサだが、実際にゴザルが近づいてくるのを確認したところで、何を言われたのかようやく理解したらしく、

「は、はぁ!?　な、何を言っているのだウリミナス殿!?　そそそ、そんな恥ずかしい事、本人を前にして言えるはずがないであろう!?」

手に持っている書類で真っ赤になった顔を覆い隠しながら、慌ててその場から逃げ出した。

——バリロッサ。

騎士団時代から常に正論を口にし、納得出来ない時には、例えクライロード魔法国に認定された勇者相手であっても異を口にする彼女だが、色恋沙汰に関しては圧倒的に経験が不足しており、何も言えなくなってしまうのであった。

走り去っていくバリロッサを、ゴザルはきょとんとした様子で見送った。

「……ウリミナスよ、バリロッサ殿は、私に何の用だったのだ?」

「さぁ？　それは今度改めて本人に聞いてみたらどうニャ？」

「うむ、それもそうだな」

ウリミナスの言葉に大きく頷く。

「それよりも、もうすぐ開店ニャ。準備を急ぐニャ」

「あぁ、そうだな。今はそれが先であるな」

ゴザルとウリミナスは頷きあうと、店の奥へと移動していった。

◇ホウタウの街・ホウタウ魔法学校◇

陽が高くなり、ホウタウの街中の店も続々と営業を開始している頃……

街道を進んでいたフリオとリースの姿は、ホウタウ魔法学校の校長室の中にあった。

応接用のソファに腰を下ろしている二人の前には、ニートとタクライドが座っていた。


――ニート。

魔王ゴウル時代の四天王の一人、蛇姫《へびひめ》ヨルミニートが人種族の姿に変化した姿。

魔王軍脱退後、あれこれあった後に請われてホウタウ魔法学校の校長に就任している。

――タクライド。

ホウタウ魔法学校の事務員をしている人種族の男。

学校事務に加えて、校内清掃・修繕・保護者への連絡・外部との折衝などホウタウ魔法学校のほぼすべての業務を担っている。


そんな二人を前にして、腕組みをしているリースが口を開いた。

「で？　ニート、今日はどのような用件でお忙しい旦那様をわざわざ呼び出したのかしら？」

ホウタウ魔法学校の校長であるニートと、ホウタウ魔法学校の卒業生と現役生徒の保護者であるリース。

リースはニートに対してにっこりとほほえみ、軽い口調で話しかける。

「それについては申し訳ないと思うんだけどねぇ……ちょっとこっちにもいろいろと都合があるのよねぇ」

リースの言葉を聞いたニートもまた、どこか楽し気な表情をその顔に浮かべていた。

元魔王軍四天王の一人であったニートに対し、リースもまた元魔王軍四天王の一人であった牙狼族のフェンガリルの妹であり、魔王軍時代には四天王と同格の実力者であると言われていた。

魔王軍時代には互いの実力を認め合い、友好的な関係を構築していただけに、この日の会話も和やかなムードではじまっていた。

「えっと、ですね」

そんな二人の会話に、右手をあげたタクライドが、身を乗り出しながら割って入った。

「お忙しい中、本当に申し訳ないのですが、生徒の授業に関しまして、大至急フリオさんのお力といいますか、お知恵を拝借したい案件が発生しておりまして……」

「授業に関することというと、フリース雑貨店が納品している授業用品に何か不具合でもありましたか？」

タクライドの言葉に、フリオもまたソファに腰をかけたまま身を乗り出した。

「あ、いえ……フリース雑貨店さんには、ホウタウ魔法学校で使用している教科書から教材、授業用の備品から、食堂の運営に生徒寮の管理まで多岐にわたってお世話になっているわけですけど、それは、そのすべてにおいてフリース雑貨店さんが高品質かつ低価格ですべてのサービスを提供してくださっているからに他ならないのですが……その……なんといいますか、非常に申し上げにくいのですが、ちょっと想定外の問題が生じておりましてですね……」

「想定外の問題……ですか？」

タクライドの言葉に、フリオが目を丸くする。

「それは……具体的にどういうことですの？」

リースもまた、フリオの隣で驚きの表情を浮かべた。

「フリース雑貨店の商品は、すべて旦那様とエリナーザのチェックを経てから提供しておりますのよ？　不良品が混じる余地なんて……」

そこまで口にしたリースの言葉を、ニートが右手を前に伸ばして静止した。

「商品に問題があるわけじゃないのよねぇ……そうねぇ……とりあえず、直接見てもらった方が早いかしらねぇ」

ニートが苦笑し、ため息を漏らす。

その言葉に、フリオとリースは互いに顔を見合わせた。


……しばし後。

タクライドを先頭に、ニート、フリオ、リースの三人は、ホウタウ魔法学校の中にある闘技場へと移動していた。

「ここ、闘技場では生徒の技量向上を目的とした実践形式の授業を行っているのですが……」

「えぇ、よく知っていますよ。我が家のガリルとエリナーザ達も学生時代、ここで実戦経験を積んでいますので」

廊下を移動中、タクライドの説明にフリオが頷く。

「あの二人は、私がこの学校で見てきた生徒の中でも突出して優秀でした。そして、最近入学してきた生徒の中にも、かなりの実力を持った生徒がいるのですが……」

タクライドがそこまで言葉を口にしたところで、一行《いっこう》は闘技場に到着した。

ドアを開け、闘技場に設置されている観覧席へフリオとリースを案内していく。

そんな一同の視線の先、闘技場の中ではちょうど生徒達が模擬戦を行っている最中だった。

「あれは……陣営戦ですね」

「えぇ、ホウタウ魔法学校で、昔から実践している陣営戦の中の旗争奪戦でして、六人ずつのチームにそれぞれ分かれて、闘技場の中央に設置している旗を奪い、先に三回自軍の陣営に持ち込んだチームが勝利するという競技です。単純ですが、チームで互いの能力を理解し、協力し合う事が重要となる戦略戦でして、実戦経験を学ぶ上でも有用な授業だったのですが……」

闘技場内で陣営戦を行っているメンバーを確認したタクライドは、その顔に苦笑を浮かべ、言葉を濁した。

「……この陣営戦が、どうかしたのですか?」

タクライドの様子に、怪訝そうな表情を浮かべるフリオ。

そんなフリオの耳に、

「さぁいっくわよ～～～～～～～～～～～！」

闘技場から、元気な女の子の声が聞こえてきた。

フリオがそちらへ視線を向けると、

模擬戦開始の合図とともに、自分の陣営から旗に向かって真っ先に突っ込んでいくフォルミナの姿があった。


――フォルミナ。

ゴザルとウリミナスの娘で、魔王族と地獄猫族《ヘルキャット》の子供。

ゴザルのもう一人の妻であるバリロッサにもよくなついている。

ホウタウ魔法学校にゴーロとリルナーザと一緒に通い始めた。


足取り軽く疾走していくフォルミナ。

その後方を、

「……ま、待ってよ、お姉ちゃん」

ドタドタとした足取りのゴーロが、慌てた様子で追いかける。


――ゴーロ。

ゴザルとバリロッサの息子で、魔王族と人種族の子供。

ゴザルのもう一人の妻であるウリミナスにもよくなついている。

口数が少なく、姉にあたるフォルミナの事が大好きな男の子。

ホウタウ魔法学校にフォルミナとリルナーザと一緒に通い始めた。

「ちょ、ちょっと二人とも!?」

「だから速いってば!」

そんな二人の後方を、チームメイトの生徒たちが必死になって追いかけていく。

見るからに速度が速いフォルミナと、ドタドタした走り方とは裏腹に、かなり高速で移動しているゴーロ。

そんな二人が、闘技場の中をまっすぐ疾走し、あっという間に闘技場の真ん中に設置されている旗の場所までたどりつく。

しかし、

「よっし! 私の方が早かったの!」

二人よりも早く、反対側から駆けて来た対戦相手のチームの一員であるリルナーザが、旗をつかんだ。

——リルナーザ。

フリオとリースの三人目の子供にして次女。

調教《テイム》の能力に長けていて、魔獣と仲良くなることが得意。

その才能を活用し、ホウタウ魔法学校へ入学後、魔獣飼育員を兼任している。


リルナーザはいつも魔獣達と一緒に森の中を駆け巡っている。

普段は狂乱熊《サイコベア》姿のサベアの背に騎乗している事が多い彼女だが、一角兎《ホーンラビット》姿のサベアと一緒に、森の中を走りまわることも多く、身体能力はかなり高い。

リルナーザが両手に魔力を込め、

「よいしょ！」

旗を一気に引き抜く。

そこに、

「そうはいかないの！」

全力でジャンプしたフォルミナが、頭上で両手を組み合わせ、それをリルナーザに向かって振り下ろした。

「うひゃあ!?」

リルナーザが慌てて身をひねり、その一撃を間一髪でかわす。


ドゴォ！

すさまじい轟音《ごうおん》とともに、リルナーザの後方の地面がえぐれる。

闘技場を一望できる観覧席。

そこに、ベラノの姿があった。

——ベラノ。

元クライロード城の騎士団所属の魔法使い。

小柄で人見知り。防御魔法しか使用出来ない。

今は騎士団を辞め、フリオ家に居候しながらホウタウ魔法学校の教師をしている。

ミニリオと結婚し、ベラリオを産んだ。

ベラノは魔石のついている杖《つえ》を闘技場内に向け、防御魔法を展開している。

魔石だけでなく、ベラノ自身の体も緑色に輝いており、全力で防御魔法を展開しているのがはた目から見てもわかる。

闘技場で授業を受けている生徒が、場内の施設を壊したり、怪我《けが》をしないように、場内全体を防御魔法で覆い、生徒達が全力で魔法を使用しても怪我をしないようにとの配慮だった……の、だが……

防御魔法を展開しているベラノの額には冷や汗が何本も伝っており、杖を握りしめている両腕もプルプルと震えている。

「……ぜ、全力……な……のに……」

さらに魔力を高めるベラノだったが、その視線の先では、

「……行かせない」

フォルミナの攻撃に合わせて、ゴーロが右腕を振り下ろす。

その腕には魔力が込められており、パチパチと火花のように腕の周囲でスパークしている。

ドゴォ！

轟音とともに、再び地面がえぐれた。

パリン！

同時に、ゴーロの周囲に緑色の魔法の破片が舞っていく。

それは、ベラノが展開している防御魔法が破壊された証《あかし》であった。

「……あう」

困惑した表情を浮かべながら、改めて杖の魔石に魔力を集中させる。

その杖を、後方から駆け寄ってきたミニリオが右から、ベラリオが左から握りしめ、ベラノを支えた。


——ミニリオ。

フリオが試験的に生みだした魔人形。

フリオを子供にしたような容姿をしているためミニリオと名付けられ魔法学校でベラノの補佐をしている。

ベラノのお手伝いをしているうちに仲良くなり、今はベラノの夫でベラリオの父。


——ベラリオ。

ミニリオとベラノの子供。

魔人形と人種族の子供という非常に希少な存在。

容姿はミニリオ同様フリオを幼くした感じになっており、ミニリオと一緒に魔法学校でベラノの補佐をしている。

中性的な出《い》で立《た》ちのため性別が不明。


「……あ、ありがとう、二人とも」

ベラノは必死の形相の中にもどうにか笑みを浮かべる。

そんなベラノに、ミニリオとベラリオはにっこりと笑みを向ける。


そんな中。


「ととと、とにかく早く陣地に戻らないとぉ」

リルナーザは慌てふためきながらもしっかりと旗を握りしめ、自軍の陣地へ戻ろうと、走り続ける。

そこに、右からフォルミナが、左からゴーロが襲いかかる。

息の合ったコンビネーションを前にして、リルナーザは壁際に追い詰められた。

そこにゴーロの剛腕が叩き込まれる。


ドゴォ！

轟音とともに、闘技場の壁に大穴が開き、

パリン！


同時に、ベラノ一家が構築した防御魔法が再び破壊された。

その光景を、少し離れた場所から見つめている、リルナーザのチームメイト達は、

「な、なんとかして、リルナーザさんを助けないと……」

「で、でも……フォルミナとゴーロが相手じゃ……」

「じゃあ、一体どうしたら……」

互いに顔を見合わせながら、リルナーザの元にどうしても駆けつけられずにいた。

そんな中、一人の小柄な女の子がリルナーザに向かって駆け、

「……お手伝い……するの」

走りながら右腕をぐるぐると大きく回す。

その腕に魔力が集まり、体と同じくらいの大きさにまで巨大化していく。

その姿に気が付いたリルナーザは、

「あ、コウラちゃん！」

パァッと表情を明るくした。


——コウラ。

鬼族の村の村長ウーラの一人娘。

妖精族の母と鬼族の父の血を受け継いでいるハイブリッド。

シャイ過ぎて人見知りがすごいのだが、フリオ家の面々にはかなり心を開いている。

学校に通いだしたフォルミナ達に影響されて、ホウタウ魔法学校に体験入学している。


コウラはリルナーザの横を駆け抜け、両腕を振り上げているフォルミナに向かって右腕を突き出す。

「わぁ!?　すっごいおっきい!?」

眼前に迫るコウラの腕を前にして、フォルミナが驚いた表情を浮かべる。

その腕がフォルミナに直撃する寸前、ゴーロの右腕が横から振り下ろされ、コウラの腕を地面にめり込ませた。

響き渡る爆音と、防御魔法が破壊される音。

「……フォルミナお姉ちゃんは、僕が守る」

フォルミナを殴ろうとしたコウラに対し、ゴーロが明確に敵意を向ける。

姉であるフォルミナの事が好きすぎて、フォルミナの事となると何事においてもやりすぎてしまうゴーロ。

シスコン、ここに極まれりと言える。

そんな攻防を、おろおろしながら見つめているリルナーザのチームメイト達。

その中に、杖を持った一人の少女――リヴァーナの姿があった。

――リヴァーナ。

フリオ家の養女として迎え入れられた水龍族の女の子。

一見知的に見えるのだが、幼少の頃より最後に勝つのは腕力だと育てられてきたため、現在は完全な「脳筋」状態。

魔法の素質には恵まれており、コミュ障克服もかねて現在ホウタウ魔法学校に通学中。

リヴァーナは目の前で繰り広げられている攻防を目で追いながら、ぶつぶつとつぶやく。

「……ボクのチームが勝つには、リルナーザが持っている旗を、あそこまで持っていかないといけない……でも、それを、妨害しているのがフォルミナとゴーロ……二人の腕力で攻撃されたらひとたまりもない……だからといって、龍化するには闘技場《ここ》は狭すぎるし……となると……最適な方法は……」

皆の動きを目で追いかけながら、必死に考えを巡らせていく。

一見冷静に見える彼女だが、一向に対処法を見出《みいだ》すことが出来ず、内心では焦りを感じはじめていた。

「……だから、この場合……まずはフォルミナの足止めを……いえ、その場合、コウラにゴーロの足止めを依頼して……でも、それよりも逆の方がいいのでは……」

必死に考えを巡らせ続けるが、

「……もう、わけわっかんない」

今までの冷静な口調とは異なり、途端になげやりな言葉を口にした。

次の瞬間、手にした杖を振りかぶると、

「とりあえず、みんな吹き飛ばす」

杖を、闘技場内へ向けていく。

杖の青い魔石が輝くと同時に、その先から大量の水が噴き出し、

「わぷっ!?」

「ごぼぉ!?」

「あわわ!?」

「きゃあ!?」

闘技場内で旗を奪い合っていたフォルミナ達だけでなく、一同を遠巻きに見守っていた他のチームメイト達まで一気に飲み込んでいく。

「……も、もうダメ……」

ベラノの魔力が完全に枯渇し、その場に倒れこむ。

そんなベラノを、ミニリオとベラリオが心配そうに抱きかかえる。

「こ、今回はまた、ずいぶん派手にやっちゃいましたねぇ」

控えていた教員達が、慌てた様子で闘技場内へ駆けこんだ。

その光景を観覧席から観戦していたフリオは、腕組みし、眉間にシワを寄せていた。

「……ニート校長と、タクライドさんの言われていた、大至急、なんとかしてほしいという意味、よくわかりました」

「そう……先日から、フリオさんの家から通い始めた子供達が、ちょっと元気すぎるといいますか……規格外といいますか……」

タクライドは愛想笑いを浮かべ、必死に言葉を選んでいる。

そんなタクライドの横で、ニートは、

「とはいえ、元魔王ゴウル様のお子様ですからねぇ。同年代の子供達より秀でていて当然といえるのですけどねぇ」

その顔に満足そうな笑みを浮かべ、うんうんと頷く。

元魔王軍四天王の一人であり、フォルミナとゴーロの父であるゴザルこと、元魔王ゴウルの事をいまだに敬愛しているニートだからこその態度であった。

そんなニートの横で、リースが腕を組み、怪訝そうな表情を浮かべる。

「……でも、変ですわね。魔力で言えば、学校に通っていた当時のエリナーザとガリルの方が、今のフォルミナ達より、はるかに上だったはずですけど……あの頃は、こういった問題は起きていなかったでしょう?」

「確かに……」

リースの言葉にフリオが頷く。

「それはですね……ガリル君もエリナーザさんも、自分達の魔力を把握した上で、手加減してくれていた次第でして……」

「あぁ、なるほど」

タクライドの言葉に、リースは納得したように大きく頷いた。

「ただ、フォルミナさんや、ゴーロ君、リヴァーナさん達が悪いわけではないのですが……その……毎回、こうなってしまうようでは、学校の施設も持ちませんし、教員も……」

タクライドが苦笑しながら頭をかく。

「確かに、そのとおりですね……」

その言葉に、フリオは腕組みしながら頷いた。

フリオの視線の先、闘技場の中には、リヴァーナの魔法水流で水浸しになった生徒たちの姿があった。

そんな中、服を絞っていたリルナーザが、フリオとリースに気づいたらしく、笑顔で手を振った。

まだ授業中のため、控え目に振っているのが、リルナーザらしいといえた。

そんなリルナーザに、フリオもまた小さく手を振り返した。

◇ホウタウの街・食堂街◇

ホウタウの街の一角に、食堂が立ち並んでいる一角がある。

定期魔導船の発着場と、ホウタウの街役場のちょうど中間あたりの街道沿いの一角。

その中の、一つの店内にフリオとリースの姿があった。

「このお店、先日開店したばかりなのですが、ビレリー達がとっても美味しかったって言っていまして、旦那様と一緒に来たかったんですの」

テーブルに着き、上機嫌な様子のリース。

ちょうどお昼時ということもあり、店内は多くの客でごった返していた。

厨房《ちゆうぼう》からは、刺激的で食欲をそそるいい匂いが漂っている。

「確かに、期待してよさそうだね」

その匂いに、フリオが満足そうに頷く。

「今日、お昼までにあちこち回ってきたけど……整理すると、
カルゴーシ地方の軍隊の、陸上での戦闘訓練が出来る施設。

新しく冒険者になった者達の鍛錬の場を設けることが出来ないか。

周辺の街や国からホウタウの街に移住してくる人たちを受け入れるための店舗や住居の確保。

ホウタウ魔法学校の闘技場の改善……こんなところかな」

フリオは指折り数えながら、午前中の出来事を思い返していく。

「あ、でも、カルゴーシ海岸の訓練施設と、冒険者組合の訓練施設は、同じ施設でもいいのではありませんか?」

「そうだね……冒険者組合の依頼は、森林での狩猟行為に特化してほしいって話だったしそれでいいかもだけど……それにしても、いろいろと考えないといけないなぁ」

苦笑し、ため息を漏らす。

「お待たせしましたぁ！」

そこに、店員の女の子が料理の皿を運んでくる。

手際よく、フリオとリースの前に皿を並べていく。

「旦那様、せっかく美味しそうな料理がきたのですし、お仕事の話はいったん忘れてしまいましょう」

リースが笑顔で運ばれてきた料理を眺める。

どの料理からも、美味しそうな匂いが漂ってくる。

その匂いにフリオも、

「そうだね。こんなに美味しそうな料理なんだし、リースと一緒に楽しまないともったいないね」

笑みを浮かべて頷き、ナイフとフォークを手にとった。

その視線の先では、リースが魚介の炒《いた》め物《もの》を口いっぱいに頬張っているところだった。

もぐもぐと口を動かしながら、幸せそうな笑みを浮かべる。

その笑顔を見つめているフリオもまた、釣られて笑みを浮かべた。

◇クライロード城・姫女王の執務室◇

クライロード城の二階、その奥にクライロード魔法国の王族のための居住区がある。

その一角に、姫女王の執務室があり、その部屋では、姫女王だけでなくクライロード魔法国の外交を中心になって取り仕切る第二王女、内政を取り仕切る姫女王の補佐を行う第三王女も一緒に作業出来るようかなり広めの部屋を使っている。

この日、執務室の中には姫女王と第二王女の姿があった。

部屋の中央にある大きめの机を利用している姫女王は、椅子に座り、一通の書簡に目を通していた。

――姫女王。

クライロード魔法国の現女王。本名はエリザベート・クライロードで、愛称はエリー。

父である国王が追放されたのを受け、クライロード魔法国の舵取りを行っている。

国政に腐心していたため彼氏いない歴イコール年齢のアラサー女子。

「……ねぇ、第二王女、この書状……どう思います?」

そう言って、書簡を第二王女に差し出す。

――第二王女。

姫女王の一番目の妹で、本名はルーソック・クライロード。

姫女王の片腕として、魔王軍と交戦状態だったクライロード王時代から外交を担当し、他の人種族国家と話し合いを行っていた。

ざっくばらんな性格で、普段は姫女王にもフランクに話しかける。


それを受け取った第二王女は、頭をかきながら書簡に目を通していく。

「……ちょっと前からさ、クライロード魔法国内のあちこちでアイツがまた暗躍しているって報告はあがっていたんだけど、今回はちょっと……って、いうか……今回のこの報告が確かなら、大問題だけど……うまくいけば今度こそ、アイツの案件に片を付けることが出来るかもしれないじゃない？」

一度大きく息を吐き出すと、第二王女は、

「んじゃ、そういうわけだから早急に準備してアタシが現地に……」

そう言って立ち上がり、扉へと向かう。

「ちょっと待って、第二王女」

そんな第二王女を、姫女王が呼び止めた。

「今回の件、私に行かせてくださいませんか？」

「……姫女王姉さんが？」

第二王女の言葉に、姫女王が大きく頷く。

「えぇ……報告の内容が確かであれば、この件に闇商会が関わっている可能性が高い……ならば、クライロード魔法国の長《おさ》として、この私が直接出向き、指名手配犯であるお父さ……いえ、あの男を捕縛し……」

硬い表情で唇を噛《か》みしめた姫女王は、真剣な眼差《まなざ》しを第二王女へ向ける。

その視線を、第二王女もまた真剣な表情で受け止めた。


無言のまま、二人の視線がその場で交差する。


そんな中、先に口を開いたのは第二王女だった。

「姫女王姉さんの気持ちはさ、よ～っくわかるよ。姫女王姉さんが女王になった時にさ、あの男の逃走を許したせいで、いまだに大陸のあんなとこやこんなとこで、あんなことやこんなことをやらかしているわけだしね、あの男ってば。その責任を感じているのはよ～っくわかる、うん……でもさ」

悪戯《いたずら》っぽい笑みを浮かべると、姫女王の鼻の頭を右手の人差し指でツンと一突きする。

「よく考えなって。今回の舞台はブリッツ国、クライロード魔法国に隣接している国家であってクライロード魔法国内じゃないじゃん。

そんなところにさ、百パーセント確実ってわけじゃない情報を元にして、姫女王姉さんがクライロード魔法国の軍勢を率いて向かうわけにはいかないでしょ？」

「で、ですが……」

「だ・か・ら、ここは外交担当のアタシに任せておきなって。アタシがさ、あちこちの国にいろいろと細工しているの、知ってるでしょ？」

舌をペロッと出し、書状を右手でひらひらさせる。

そんな第二王女とは対照的に、姫女王は真面目な表情を崩さない。

再び無言の時が流れ、互いの視線が交差する。

そんな中、今度は姫女王が先に大きく息を吐き出した。

「……わかりました。そのかわり、あの男の関与が確定した時点ですぐに連絡をよこしてください。ブリッツ国にも協力を依頼する書状を発行すると同時に国軍を派遣いたしますので」

「うん、わかった」

第二王女が姫女王の言葉に頷く。

その会話の後、右手の人差し指を鼻の頭にあて、しばし考えを巡らせると、

「……でね。いつもなら私一人でなんとかするところなんだけどさ、あの男が関与しているとなると、西方の魔族も出てくる可能性があるし……念のためにさ、騎士団の中から誰か借りていってもいいかな？」

姫女王へ言葉を続ける。

そんな第二王女の言葉に、姫女王は口元を引き締めたまま小さく頷いた。

「わかりました、その件に関しても、騎士団のマクタウロに話を通しておきますね」

「うん、よろしくね。じゃあ、私も準備を……」

そこまで口にしたところで、第二王女はまじまじと姫女王を見つめる。

「……あの……どうかしましたか？」

その視線に違和感を感じた姫女王は、両手を胸の高さまであげ、自らの服装を確認する。

第二王女はそんな姫女王の様子を見つめたまま、小さくため息を漏らした。

「あのさ……姫女王姉さん、あの男は王だった時代に、クライロード魔法国のお金を私的に流用しまくってたから、後任であり、あの男の一族でもある姫女王姉さんが、アタシ達王族に関する経費を極限まで切り詰めているのは、悪いことじゃないと思うんだ……でもさ……その服ってば、もう十年近く着てるよね？」

「え？　あ、そ、そうだけど……」

「城で働く人員も必要最低限まで切り詰めているのは、まだいいとして……せめて着る物くらい、もう少し気を使ってもいいんじゃないかな？」

「で、でも……元がいい品ですし、大事に着ておりますのでまだまだ着れると……そ、それに、会議や来賓をお迎えする際にはそれなりの……」

「いやいやいや、そういった時の服にしたって、全部お母様から譲り受けた物でしょう？」

「そ、それはそうですが……どれも、クライロード魔法国に代々伝わっている逸品でもありますし……傷みなどはその都度修繕して……」

第二王女の言葉に、わたわたと両手を動かしながら言葉を返す。

その顔には、先ほどまでの引き締まった表情ではなく、素で慌てる表情が浮かんでいた。

「……はぁ」

そんな姫女王の様子に、第二王女は大きなため息を漏らす。

「……ガリル君から送られた服、あったよね？　あれも着ないって、どういうことなの？」

その言葉を受けて、

「ひゃ、ひゃい!?」

姫女王は顔を真っ赤にし、その場で固まった。

「あ、あ、あ……あれは、その……ガリル君の家に、料理の勉強をさせて頂きに行く際には着用しているといいますか……」

もじもじしながら、小声で言葉を返す。

第二王女はその様子を見つめながら、思わずため息をついた。

（……まぁ、幼少の頃から、クライロード魔法国の事を第一に考え続けてきた姫女王姉さんだもんな、この年齢になっても、恋愛経験が皆無で、殊に、色恋については即座にポンコツ化してしまう……って、そんな事を言って、私もそこまで色恋沙汰に精通しているわけでもないんだけどね……）

そんな事を考えながら、苦笑する。

「ま、そんなわけだから、女王としてというよりも、一人の女であるエリザベートとしての生き方も、考えていいんじゃないかな？」

それだけ言うと、今度こそ部屋を後にした。

「……一人の女としての、生き方……ですか……」

部屋に残された姫女王は、第二王女の言葉を反復しながら考えを巡らせる。

すると、その脳内にガリルの顔が浮かび、同時に顔を真っ赤にする。

「おおお、女としての生き方と言われましても……わわわ、私ってば、ガリル君以外にそのような事を一緒に考えることが出来る殿方など知りませんし……だだだ、だからといって、何をどうすればいいのか、なんて……そ、そんな事、誰も教えてくれませんでしたし……だ、だからといって、ガリル君以外の相手とそのような……って、わ、私ってば、何をはしたないことを考えて……」

部屋の中をうろうろしながら、頭を抱える。

国事に関しては辣腕をふるう姫女王だが、色恋に関しては完全なポンコツであった。

◇しばし後・クライロード城内◇

クライロード城内の一角に、クライロード騎士団城内庁舎がある。

本来の騎士団庁舎は別にあり、クライロード城の敷地外に隣接している。

この建物は、魔王軍との戦時下から使用されていた騎士団詰所を整備し直した建物であり、戦時下では三段ベッドが林立するだけの簡易な宿泊施設だった。

しかし、姫女王が就任して以降、急ピッチで整備が進められ、今では騎士ごとに個室が与えられており、トレーニングルームや観覧席が設けられた模擬戦場まで完備されている。

その分、詰める騎士の数が減ったものの、

『城下に自宅のある者は、勤務時のみ登城すればよい』

という姫女王の決定に従っているため、緊急事態の際に登城出来る騎士の総数にはあまり差がない仕組みになっていた。

そして、クライロード城内にあるクライロード騎士団城内庁舎は、城の警備・要人来賓時の警護・姫女王をはじめとした王族の警護を行う騎士団の中でも精鋭を集めた施設となっている。

さらには、クライロード城の敷地外に隣接しているだけでなく、緊急用の通路でつながっており、有事の際には即座にクライロード城内に駆けつけることが出来る仕組みになっていた。

また、庁舎の地下には騎士団員が鍛錬する施設が設置され、様々なトレーニングが行えるようになっており、この日も施設の中には多くの騎士達の姿があった。

地下にあるトレーニング施設の一角に、マクタウロが足を踏み入れた。

——マクタウロ。

かつてクライロード騎士団随一の騎士として常に最前線で魔王軍と戦い続けていた猛者。魔王軍との間に休戦協定が結ばれたことを受けて新設されたクライロード学院の初代院長となり後進の育成に取り組んでいる。

その視線の先には、広大なレース場が広がっており、円形のコースの中央部には、レースに参加している騎士達の様子が観覧席から観戦出来るよう、大型の水晶投影機によって映し出されている。

「ほう、ちょうど、勇者レースの最中だったか」

水晶の映像を見上げながら声を漏らすマクタウロ。

その声に気が付いた観覧席に騎士達が、

「あ、マクタウロ様」

慌てて振り向き、敬礼する。

「よいよい、そんなに堅苦しい挨拶はいらぬ」

マクタウロはそんなな一同に笑顔で右手を上げる。

そんなマクタウロの言葉に騎士達は敬礼を解き、リラックスした様子を見せ始める。

彼らの視線の先、水晶の中には先頭を疾走している一人の騎士の姿が映し出されていた。

他の騎士達は、皆、魔獣に騎乗してレースに参加しているのだが、先頭を走っている騎士は魔獣に騎乗することなく、自ら走っていた。

魔獣の疾走速度に、普通の人種族では敵《かな》うはずがない。

しかし、その騎士は、二位以下を大きく引き離し、さらにその差を広げながら悠々とコースを疾走し続けていた。

「くそっ、せめて一矢……」

後方の騎士の一人が、魔獣に騎乗したまま右手に持っている赤い魔法球を構えていく。

勇者レースは、純粋な走力を競う訓練であり、使える魔法はレース場の各所に配置されている魔法球を取得し、それを使用するのみというルールになっている。

魔法球には攻撃用・防御用の二種類があり、それぞれ赤と青に色分けされている。

唯一の例外として、走力に関する魔力だけは使用に制限が設けられていない。

後方の騎士が詠唱すると赤い魔法球が光り輝き、それに呼応して、先頭を走っている騎士の頭上に黒雲が出現する。

「……おっと、電撃《ライトニング》ですか」

それに気付いた先頭の騎士——ガリルは、一度体を低くし、頭上高く跳躍した。

——ガリル。

フリオとリースの子供で、エリナーザとは双子の弟で、リルナーザの兄にあたる。

いつも笑顔で気さくな性格でホウタウ魔法学校の人気者。

身体能力がずば抜けている。

上空に発生していた黒雲の位置までひとっ飛びで到達したガリルは、黒雲に向かって右手を一閃《いっせん》する。

すると、ガリルの頭上に発生していた黒雲が、一撃でかき消されてしまう。

その光景に、魔法球を使用した騎士は眉間にシワを寄せた。

「くそっ、やっぱりダメか……ガリルには、この程度の魔法じゃ足止めにすらならないか……いや、しかし、俺の魔法を最大出力で使用したとしても……」

赤い魔法球を使用した騎士は、魔法をかき消し悠々と疾走していくガリルの後ろ姿を魔獣の上から見つめながら悔しそうに声を漏らしていく。

次の瞬間、

「ガリル様を狙うなんて、一万年早いリン！」

その騎士の後方から騎士の大きな声が響き、同時に騎士の頭上に黒雲が出現する。

「し、しまった……うぁっ!?」

虚を衝かれた騎士は、電撃《ライトニング》をまともにくらい落馬してしまう。

赤の魔法球を使用した女の騎士はそれを視認すると、

「まったく、ガリル様に魔法を放つなんて、身の程を知るといいリン！」

後方を一瞥《いちべつ》し、眉間にシワを寄せながら吐き捨てるように言葉を発する。

しかし、その視線が前方へ向けられると、その顔が先程までの険しい表情から、朗らかでポヤヤンとした表情に変わった。

その視線のはるか先には、疾走を続けているガリルの姿があった。

「それにしても……あの魔法を腕を一振りするだけでかき消してしまうなんて……やっぱりガリル様はすごい……凄《すご》すぎるリン」

その騎士——サリーナは、頬を赤く染めながら、ガリルをうっとりとした表情で見つめていた。

——サリーナ。

ホウタウ魔法学校でガリルの同級生だった女の子。

裕福な家の出身で入学当初はかなり高飛車な性格だったが、ガリルを慕ううちに性格が穏やかになった。

ガリルを慕い、クライロード学院に入学している。


サリーナの瞳にはハートが浮かんでおり、口元をニヘラァッと歪《ゆが》ませている。

その視線ははるか前方のガリルをロックオンしているのだが、自らが騎乗している魔獣をしっかりと操っており、二番手集団の先頭を疾走し続けていた。

「こ、こいつ！　クライロード学院の生徒のくせに！」

その後方を走っていた別の騎士が、手に持っていた赤い魔法球を使用する。

それに呼応して、サリーナの頭上に黒雲が出現する。

「ガリル様の勇姿を一番近くで見ることが出来る位置リン。もう絶対に譲らないリン！」

それを察知したサリーナは、自らが所持していたもう一つの青い魔法球を使用した。

すると、サリーナの周囲が魔法壁で覆われていく。

サリーナの頭上に、黒雲から電撃《ライトニング》の魔法が降り注ぐ。

しかし、それは魔法壁に阻まれ、サリーナはダメージを受けることなく魔獣を走らせていく。

「ちっ！　魔法壁を持ってたのか」

「当然リン！　どんな時でも赤と青の魔法球を所持しておくのは、騎士の嗜《たしな》みリン！　とにもかくにも、この特等席はもう誰にも譲らないリン！」

サリーナが手綱を引き絞り魔獣の胴を蹴る。

それを合図に、魔獣が速度をあげていく。


観覧席で、そんなサリーナの様子を確認したマクタウロは、感心した表情を浮かべていた。

「ふむ……あの騎士、確かクライロード学院の成績優秀者として騎士団に体験入団させていた生徒の一人だったと思うが……」

「はい、ホウタウ魔法学校からの入学生でして、入学当初はそこまで目立つ存在ではなかったのですが、いつの間にか学院のトップグループに食い込み、体験入団した生徒の中でも断トツの成果を残し続けておりまして……」

マクタウロは、横で観戦していた教官役の騎士の説明を聞きながら大きく頷く。

「ホウタウ魔法学校出身ということは、ガリル君と同級になるか……ガリル君だけでもすごいというのに、こんな逸材まで輩出するとは……改めて、ホウタウ魔法学校のすごさを実感するな……」

そんな事を口にしているマクタウロの眼前では大型の水晶投影機の画面が切り替わり、ガリルが余裕でゴールする姿を映し出す。

「うん、今日も調子よかったな」

ゴールしたガリルは、一度大きく伸びをすると、その視線を後方へ向ける。

その視線の遥《はる》か先では、二番手集団の先頭をサリーナが駆けていた。

周囲からの妨害魔法を物ともせず……というより、妨害魔法をくらっても、くらっても即座に立て直し、必死の形相で二位の座をキープし続けている。

「サリーナも頑張ってるみたいだな」

その様子に、ガリルは思わず笑みを浮かべる。

その光景を一瞥したガリルは、小さく息を吐き出すと、ゴールの横に設置されている休憩場に移動する。

そんなガリルの元に、マクタウロが歩み寄った。

「やぁ、ガリル君、今日も調子がよさそうだね……って、おっと、すまない。騎士団の一員となった以上、ガリル殿と呼ぶべきだったかな?」

「いえいえ、今は訓練後の時間ですし、昔と同じように呼んでくださった方が僕も嬉しいです」

マクタウロの言葉に笑顔で返事をする。

「うむ、そういってもらえるとワシも嬉しいのじゃが……」

そう言うと、マクタウロは懐から一通の封書を取り出す。

それをガリルに手渡しながら、その顔を耳元へ寄せる。

「でな、すまぬが一つ仕事を頼まれてほしいのだが……」

小声でガリルに話しかける。

「……それは、内密に、ってことですか？」

その言葉に、ガリルもまた小声で返答した。

「うむ……察しがよくて助かる」

ガリルはマクタウロが頷いたのを確認すると、

「わかりました。早急に部屋に戻って準備しますね」

封書を受け取り、早足でその場を後にする。

マクタウロは、その後ろ姿を頼もし気に見送った。


その頃……。

「よっしゃあ！　二位リン！　二位を確保したリン！」

二位を保ったままゴールしたサリーナは、魔獣に騎乗したままガッツポーズをとる。

その顔をあげ、

「見てくださいましたかガリル様！　このサリーナ！、ガリル様の応援をこの身に受けて、見事二位を！……って……あれ？」

観覧席を見回していたのだが……その視線の先にガリルの姿はすでになかった。

「あの……ガリル様？　どこに行かれましたリン？」

サリーナは困惑しながら、きょろきょろとガリルの姿を探し続ける。

マクタウロはそんなサリーナの様子をじっと見つめる。

「あの学院の生徒……見どころがありそうだな……ふむ」

その場で腕組みし、何事か思案を巡らせる。

◇同時刻・クライロード魔法国内第三王女執務室◇
姫女王と第二王女が相談事をしている最中。

二人の妹である第三王女の姿は、第三王女専用の執務室の中にあった。


——第三王女。

姫女王の二番目の妹で、本名はスワン・クライロード。

姫女王の片腕として、貴族学校を卒業して間もないながらも主に内政面を補佐している。

姫女王の事をこよなく愛しているシスコンでもある。


「あぁ……今日もお仕事が山積みですわん……」

第三王女は椅子に座ったまま机に突っ伏していた。

その周囲、机上には多くの書類がその言葉通り山積みになっている。

「……姫女王お姉さまの負担が少しでも少なくなるようにと、あれもこれも請け負っておりましたら、いつの間にかこんな事態になってしまって……はぅう……」

涙目になりながらも上半身を起こすと、書類の束へ手を伸ばす。

「このスワンが頑張ることで、姫女王お姉さまの負担が少しでも軽減されるのですし、それはそれで本望ですわん……でも……リルナーザちゃんに会えないのは……」

スワンの脳内に、リルナーザと過ごした日々が走馬灯のように流れる。


クライロード城内で勉強に明け暮れていたため、実際の魔獣に触《さわ》れない程の魔獣嫌いだった第三王女は、魔獣嫌いを克服するためにフリオ家に一時居候していた事があった。そこで同年代で魔獣使いの能力を持つリルナーザと一緒に時間を過ごし、無事に魔獣嫌いを克服したのだが……


「はぁ……いけないですわん……大好きなお友達のリルナーザちゃんと、また会うためにも、今はこの仕事を片づけてしまわないと……」

第三王女は涙をこぼしながら書類を手に取る。

「……あら、この書類は……ついさっき、文官が持ってきたばかりの物ですわん？　差出人は、マクタウロクライロード学院長みたいですわんけど……」

書類を広げて内容に目を通す。

最初こそ事務的に内容を確認していた第三王女だが、その目が徐々に輝きを増していく。

（……昨今のクライロード騎士団におけるホウタウ魔法学校出身者の活躍には目を見張るものがあり、一度ホウタウ魔法学校を視察し勉強内容および在校生の様子を視察する必要性が……）

内容を確認しながら、第三王女の脳内には、

ホウタウ魔法学校の視察。
↓
ホウタウ魔法学校に公務として出向く事が出来る。
↓
今、ホウタウ魔法学校にはリルナーザちゃんが通学している。

そんな思考が展開され……

椅子から勢いよく立ち上がると、

「すぐにマクタウロクライロード学院長を呼んでほしいですわん！　今すぐにですわん！　この視察には、このスワン自らが出向かせていただきますわん！」

そう声を張り上げる。

（これはもう、運命としか考えられないですわん。公務として、堂々とリルナーザちゃんに会いに行け……い、いえ、ホウタウ魔法学校に出向くことが出来るのですわん。この千載一遇の機会、逃すわけにはいかないですわん！）

「そうなりますと、こんなところで立ち止まっているわけにはいきませんですわん！」

先ほどまでの悲壮感漂う姿とは打って変わって、やる気に満ち溢《あふ》れている第三王女は、

「こんな書類の山、あっという間に片づけてみせますわん！」

書類の山を、すさまじい勢いで処理しはじめたのだった。

◇ホウタウの街・フリオ家の近く◇

夕刻。

ホウタウの街から、西に延びている街道。

街の周囲には石造りの城壁が、街をぐるりと囲むようにして設置されている。

それは、かつて交戦状態にあった魔王軍の襲来に備えるためや、狂暴な魔獣を街中に侵入させないため、犯罪者の往来をチェックするためといった用途で設置されていた。

もっとも、魔王軍とクライロード魔法国の間に休戦協定が結ばれている今は、魔獣の侵入阻止と、犯罪者の往来チェックの二つの用途のみとなっている。

そんな西の城門を通過し、街道を西に歩いていく子供たちの一団があった。

その集団に向かって、一角兎《ホーンラビット》の集団が駆け寄っていく。

『ふんす！　ふんす！』

先頭の一角兎《ホーンラビット》が、嬉しそうな鳴き声をあげながら、子供達の先頭を歩いていた一人の少女——リルナーザに飛びつく。

「サベア、ただいま！　お出迎えに来てくれたんですね」


——サベア。

元は野生の狂乱熊《サイコベア》。

フリオに遭遇して勝てないと悟って降参し、以後ペットとしてフリオ家に住み着いている。

普段はフリオの魔法で一角兎《ホーンラビット》の姿に変化している。


リルナーザはサベアを抱きしめ、頬ずりする。

そんなリルナーザにサベアも頬ずりを返す。

リルナーザの足元にはシベア達も集まっており、皆、

『僕も！』

『私も！』

と言っているようだった。

そんな一同に視線を向けると、

「シベアに、スベアに、セベアにソベアも、みんな一緒にお出迎えありがとうございます！」

その場でしゃがみ込み、足元で飛び跳ねていたシベア達をまとめて抱きしめる。


——シベア。

元は野生の一角兎《ホーンラビット》。

サベアと仲良くなり、その妻としてフリオ家に居候している。


——スベア・セベア・ソベア。

サベアとシベアの子供たち。

スベアとソベアは一角兎《ホーンラビット》の姿をしており、セベアは狂乱熊《サイコベア》の姿をしている。


すると、その後方から、どすどすと大きな足音が響いてくる。

狂乱熊《サイコベア》によく似た姿をしているタベアが、サベア達に一足遅れて追いついてきた。


——タベア。

厄災の熊の子供。

ドゴログマでリルナーザに懐き、クライロード世界までついてきた。

リルナーザの使い魔となっている。

「タベアも、お出迎えありがとうございます！」

リルナーザはシベア達を抱きしめたまま、タベアにも笑顔を向ける。

その笑顔を前にして、リルナーザの前で足を止めたタベアはその場でお座りの姿勢をとると、嬉しそうに体を左右に振りながらリルナーザを見つめる。

すると、その隣に並んだサベアが、その場で狂乱熊姿《サイコベア》に変化し、タベアと同じようにその場でお座りした。

さらに、リルナーザの後ろにくっつくようにして歩いていたコウラが、てててと駆け出し、お座りしたままのタベアの背中に抱きつくと、そのままもそもそとその背をよじ登った。

悪戦苦闘しながらも、タベアの背の踏破に成功したコウラは、タベアの頭の上に四《よ》つん這《ば》いの格好で抱きつき、ドヤ顔を浮かべた。

リルナーザはそんなコウラの様子を、笑顔で見つめている。

「あはは、コウラちゃん嬉しそうです」

「……うん……嬉しい……ここ、好き」

リルナーザの言葉に、コウラはドヤ顔のままコクコクと頷く。

そんな一同のやり取りを、後方から眺めていたフォルミナは、

「リルナーザちゃんって、魔獣達と仲良しだね」

「……うん、僕もそう思う」

その隣を寄り添うように歩いていたゴーロも、うんうんと頷く。

さらにその後ろには、リヴァーナが腕を組んで立っていた。

フォルミナ達と違い、その場でぶつぶつとつぶやきながら考え込む。

「……今日の模擬戦……何を間違ったのだろう……ボクの魔法の威力の加減が出来なかったこと？……もっとしっかり周囲の様子を見極めてから使用する魔法を……」

今日の模擬戦で、闘技場内を水浸しにしてしまった事を反省し、あの時どうしたらよかったのかを、頭の中でシミュレーションし続ける。

ホウタウ魔法学校からの帰り道の街道で、一同は立ち止まったまま、思い思いの行動をとっていた。

そんな一同の後方、ホウタウの街の方向から、ビレリーが姿をあらわした。


——ビレリー。

元クライロード城の騎士団所属の弓士。

今は騎士団を辞め、フリオ家に居候し馬の扱いがうまい特技を生かし、馬系魔獣達の世話をしながら、スレイプの内縁の妻・リスレイの母として日々笑顔で暮らしている。

「あらあら、みんな今お帰りですかぁ？」

魔馬に騎乗しているビレリーは、その背からぴょんと飛び降りると、笑顔で一同に声をかける。

それに合わせて、ビレリーが騎乗していた魔馬が獣化を解除する、

その姿が、スレイプのそれへと変化し、ビレリーの隣に並んだ。

——スレイプ。

魔族である死馬《しば》族の猛者で、ゴザルが魔王時代の四天王の一人。

現在はフリオ家に居候しながら妻のビレリーとともに放牧場の運営を行いつつ、魔獣レース場へ魔馬として参加していた。

「はっはっは、皆、仲良く下校していて偉いな」

スレイプは豪快に笑いながら、リルナーザ達に視線を向ける。

リルナーザはそんな二人に気付くと、

「あ、ビレリーさん！　スレイプさん！　ただいまです！　今、みんなと家に帰っているところな

んです」

シベア達を抱きしめたまま、にっこりと笑って返事をした。

「スレイプのおじさま！」

さらに、二人に気付いたフォルミナが駆け寄り、笑顔でスレイプに抱きついた。

それをスレイプが抱きとめる。

「はっはっは、フォルミナお嬢様は、今日も元気ですな。学校は楽しかったですかな？」

「えぇ、みんなのおかげで今日もとっても楽しかったわ！」

スレイプの言葉にフォルミナが満面の笑みで頷く。

その後ろでフォルミナを追いかけてきたゴーロもまた、フォルミナの言葉を肯定するように頷く。

「うむうむ、皆、学校を楽しめていて何よりですな」

そんな二人に、スレイプが笑顔で頷く。


元魔王軍四天王の一人であるスレイプは、元魔王ゴウルことゴザルのことをニート同様に今も崇拝しており、その子供であるフォルミナとゴーロの事もとても大切に思っていたのであった。


「さぁ、そろそろ帰らないと、リースに帰りが遅い、と怒られてしまうぞ」

「「はぁい！」」

スレイプの言葉に、一同は笑顔で返事をする。

狂乱熊《サイコベア》姿に変化したサベアの背に騎乗したリルナーザを先頭に、家に向かって歩いていく。

そんな一同の様子を、ビレリーは笑顔で見つめる。

「……やっぱり、子供っていいですねぇ」

ほっこりした表情を浮かべ、スレイプに体を寄せる。

スレイプはそんなビレリーの肩に腕を回し、抱き寄せる。

「リスレイも自立して、毎日魔獣レース場で頑張っておるが……そうじゃな、もう一人くらい子供がいてもいいかもしれぬな」

はっはっはと豪快に笑った。

「も、もう……スレイプ様ったら」

その言葉にビレリーは思わず照れる。

肩をすくめ、もじもじしていたビレリーだが、チラッとスレイプの顔を見上げると、

「……その……それも、悪くないかも……です、よね……」

顔を真っ赤にしたまま、ぼそっとつぶやいた。

その言葉を聞いたスレイプは、

「うむ！　そうと決まれば話が早い！」

即座に半身半馬姿に変化してビレリーをお姫様抱っこすると、魔馬姿で一気に駆け出した。

「ビレリーよ、すぐに部屋に行くぞ！」

「ちょ、ちょょっとスレイプ様ぁ、こ、子供達もいるところで、そんな事を、そんな大きな声で言わないでくださぁい」

スレイプに抱き上げられたまま、ビレリーが真っ赤な顔で叫ぶ。

いつしかサベアを追い越し、先頭を走るスレイプを、リルナーザ達も笑顔で追いかけていく。

一同は、フリオ家に向かって駆けていった。

◇フリオ宅内◇

フリオ家には、フリオ一家だけでなく、ゴザル一家や、スレイプ一家、カルシーム一家などが同居しており、朝食と夕食を、一階のリビングに集まって食べるのが習慣になっていた。

この日も、一同集まっての夕食を終えたフリオ家の面々。

一部の面々の姿は、リビングの奥にある浴場の中にあった。

フリオ家の浴場は、男女に分かれており、ともに大浴場となっている。

洗い場で体を洗い終えたリスレイが、笑顔で湯舟に浸《つ》かっていた。

——リスレイ。

スレイプとビレリーの娘で、死馬《しば》族と人種族の子供。

しっかり者でフリオ家の年少組の子供達のリーダー的存在。


「いたた……今日の魔獣レースで、隣の魔獣と接触したところがしみるなぁ」

リスレイが苦笑しながら右ひじをあげる。

その言葉通り、リスレイの右ひじには大きなあざが出来ていた。

それを、先に湯舟につかっていたブロッサムが覗《のぞ》き込む。


――ブロッサム。

元クライロード城の騎士団所属の重騎士。

バリロッサの親友で、彼女とともに騎士団を辞めフリオ家に居候している。

実家が農家だったため農作業が得意で、フリオ家の一角で広大な農園を運営している。


「あぁ、確かに痛そうだな。ストレアナには診てもらったのかい？」

「これくらいなら大丈夫かなって思っていたんだけど……痛みがひかなかったら診てもらおうかな」

――ストレアナ。

ナニーワの街の魔獣レース場で敵無しだった女性魔獣騎手。

スレイプに完膚なきまでに敗北したのをきっかけに、フリース魔獣レース場に転籍した。

魔獣医学にも精通しており、クライロード城の魔馬のケアを担当していた時期もある。

現在は、騎手をしながら魔法治療院も経営している。


「ストレアナの治療もすごいけど、エリナーザにお願いすれば治癒魔法をすぐに使って治してくれるんじゃないか？」

「まぁ、そうなんですけど……でも、なんか申し訳ないじゃないですか。なんでもかんでもお願いしちゃうのって……エリナーザの事だから、絶対にお金も受け取ってくれないだろうし……」

「あ～、確かに。それはありそうだな」

苦笑するリルナーザの言葉に、ブロッサムは納得したように頷く。

「エリナーザが生成する魔法治療薬って、クライロード魔法国の薬事規定だと最上級の品質ってことで、フリース雑貨店でも高値で売られているもんな」

「そうなんですよ……当然、エリナーザが使う治癒魔法だって同じくらいの価値があるわけだし……幼馴染《おさななじみ》だからこそ、そこまで甘えるわけにはいかないというか……」

リスレイが言葉を続けていると、

「まったく……幼馴染だからこそ、そんな遠慮しなくていいって、いつも言ってるじゃない」

リスレイの隣に、いきなりエリナーザが姿をあらわした。

「エ、エリナーザ!?」

いきなり現れたエリナーザに、リスレイは目を丸くする。

そんなリスレイの隣、魔法で体にお湯をまとわせ、体を洗い終えたエリナーザは、そのままリスレイの隣で湯舟につかる。

エリナーザは右手をリスレイの右ひじにあてがうと、小さく詠唱する。

それに合わせて、リスレイの腕に魔法陣が出現し、あっというまに右ひじを治療していった。

「あ、ありがと……うわぁ、やっぱりエリナーザの治癒魔法はすごいね！　もう全然痛くないよ！」

リスレイが腕を動かし、痛みがなくなった事を確認して笑みを浮かべる。

「……あ、でもさ、さっきもブロッサムさんと話していたけどさ、幼馴染だからこそ、きっちりと治療代金を……」

リスレイがエリナーザににじり寄る。

しかし、エリナーザはそんなリスレイの鼻の頭を右手の人差し指で押さえて制止する。

「一週間でいいわ」

「え？」

「カルシームさんのお店のフラペチーノを一週間奢《おご》って。それでチャラ」

それだけ言うと、湯舟の中で大きく伸びをした。

「う、うんわかった！　任せて」

エリナーザの言葉に、リスレイが笑顔で頷く。

そのまま、

「あはは、エリナーザ大好き！」

リスレイは笑顔でエリナーザに抱きついた。

「ちょっと、抱きつかないでよ……」

そんなリスレイを困惑した表情で押し戻そうとする。

そんな二人の様子を見つめていたブロッサムは、

「やっぱ、二人は幼馴染なんだな。ほんとに仲良しだ」

ニカッと笑みを浮かべながら、湯舟のお湯を自らの体にかけた。

（……仲のいい二人を見ていると、アタシも子供がほしくなってくるなぁ……やっぱ、コウラも、弟か妹がほしいだろうし……）

内心で、そんな事を考えているブロッサムだった。

◇数刻後・ホウタウの街・ブロッサム農園の一角◇

フリオ宅の前には、広大なスレイプ牧場が広がっており、主に魔馬の育成を行っている。

そのさらに奥には、牧場以上に広大なブロッサム農園が広がっている。

この農園の農作業は、すべてブロッサムが中心になって行われているが、その下働きとして、近くの山で生活している旧鬼魔集落の面々と、それ以前からここで働いているゴブリン達がいた。

ゴブリン達の宿舎として、ブロッサム農園の一角、街道沿いに石造りの小屋が建てられている。

その一室、ゴブリンのホクホクトンは、椅子に腰かけたまま眉間にシワを寄せていた。


——ホクホクトン。

元魔王軍配下の兵士だったゴブリン。

今は、ブロッサム農園の使用人として連日農作業に精を出している。

神界を追放された堕女神様ことテルビレスに勝手に居候されて……。


その視線の先には、二人の女の姿があった。

「だからあんたね……この家に居候しているのなら、少しは働いたらどうなのさ」

言っている事は正論なのだが、その手には一升瓶が握られており、会話の合間合間にそれをラッパ飲みしているため、説得力がまるでない。

「そんな事言わないでよぉ、ゾフィナってばぁ。それを言ったらぁ、あなただって今は女神を辞めた無職の居候じゃないのぉ」

酒をラッパ飲みしている女――ゾフィナに向かってケタケタ笑いながら声をかけ、その背中を思いっきり叩くもう一人の女――テルビレス。

――ゾフィナ。

クライロード球状世界を統治している女神の使徒にして、神界の使徒である神界人。

血の盟約の執行人としての役目も担っており、その際には半身が幼女、半身が骸骨の姿であらわれる。

とある球状世界の店で提供されているゼンザイを好物としている。

――テルビレス。

元神界の女神。女神の仕事をさぼっていたため神界を追放されている。

今は、ホクホクトンの家に勝手に居候し、ブロッサム農園の手伝いをしているのだが、酒好きと生粋の怠け者気質のせいで日々ホクホクトンに怒鳴られる日々を送っている……。

その言葉に、一瞬口ごもりながらも、

「わ、私はぁ、今は仕事を探している最中だし！　それに、この球状世界にやってきてまだ間もないんだし、あんたと違って働く意思がないわけじゃないいんだからね！」

強い口調で言い返し、再び酒をラッパ飲みしていく。

そんなゾフィナに、

「あははぁ、そんな事を思っていた時期、私にもありましたぁ。でもねぇ、結局最後は、今の私みたいにぃ、ホクホクトンにおんぶに抱っこされるのが当たり前になるんですよぉ」

テルビレスがケタケタ笑いながら言葉を返す。

そんな二人を、ホクホクトンは完全に冷めた視線で見つめていた。

「……いかんでござるな……二人とも完全に出来上がっているでござる……同じ内容の会話を延々続けているでござる……」

頭を抱え、大きなため息を漏らす。

そんなホクホクトンの隣に、マウンティの姿があった。


――マウンティ。

魔族のゴブリンにして元魔王軍の兵士。

仲間だったホクホクトンとともにブロッサムの農園で住み込みで働いている。

同族の妻を持つ子だくさん一家の主でもある。


「のう、ホクホクトンよ」

「……なんでござるか、マウンティ殿」

「この二人……ブロッサム様から聞き及んでおるが……元女神なのであろう?」

「……うむ、どうもそのようでござるな……」

「そんな二人が、なぜお主の部屋で酒盛りをしておるのだ?」

「……拙者に聞かないでほしいでござる……」

マウンティの言葉に、ホクホクトンは再び頭を抱える。

(……テルビレス一人でも手を焼いていたでござるというのに……なぜ厄介事《ゾフィナ》がまた増えるのでござるか……)

内心でそんな事を考える。

しかし、そんなホクホクトンの考えなどつゆ知らず……

「だからぁ……少しは働いてだなぁ……」

「あはは、ゾフィナってばおもしろぉい」

再び会話のループに入っていく二人の元女神だった。

◇フリオ宅◇
フリオ宅の三階の一角。

カルシーム一家が利用しているその部屋の中。

寝室の隣に三部屋あり、その一室で椅子に座るジャジャナはそろばんをパチパチとはじいていた。

――ジャジャナ。

元はジャンデレナという名で闇王の元、闇商会の会計を担当していた。

フリース雑貨店に潜入調査に入ったところ、あまりのホワイトさに感動し、ジャジャナとしてカルチャ飲物店で新しい人生を歩み始めている。

算術に長けており、暗器にもなる巨大なそろばんを魔法袋に携帯している。

「……うむ……うむ……今日のお店の売上も好調です、ね、仕入れ値、減価償却率、どれも問題ありません」

そろばんをはじき終えたジャジャナは、満足そうに頷く。

そんなジャジャナの横に、チャルンが紅茶の入ったカップを置いた。

――チャルン。

かつて魔王軍の魔導士によって生成された魔人形にしてカルシームの妻。

破棄されそうになっていたところをカルシームに救われ以後カルシームと行動をともにしており、今はカルシームと一緒にフリオ家に居候しカルチャ飲物店を運営している。

「帰宅してまで帳簿の管理、いつも感謝しているでありんす」

「い、いえ……こ、これは私の仕事でありますし……か、感謝されることなど……」

チャルンの言葉に、ジャジャナが慌てふためく。

（……ジャンデレナとして、闇商会で働いていた時には『これくらいして当然じゃ！』って、あの不細工に罵倒こそされたものの、感謝の言葉をかけられた事なんて一度もなかったのに……）

内心でそんな事を考えながら、紅茶のカップを両手で包むようにして持ち上げる。

「あ、あの……代金をお支払いしますので……」

「あら？　何を言っているのでありんす？」

「いえ、その……チャルン様の淹《い》れた紅茶は、お店で販売できるレベルの……」

ジャジャナが慌てた様子で財布を取り出そうとする。

その手を、チャルンは笑顔で制止した。

「このお茶は、『お仕事お疲れ様』のお茶でありんすえ。貴方《あなた》のお仕事に対する当然の報酬と思って頂かないと、こちらが困ってしまうでありんす」

「で、ですが……」

「ほら、早く飲むでありんす。冷めてしまっては、せっかくの風味が落ちてしまうでありんすえ」

「は、はい……」

チャルンの言葉に押し切られる恰好で、どうにか自分を納得させたジャジャナは、カップを口に運ぶ。

「……美味しい……」

口の中に広がっていく芳醇《ほうじゅん》な味わいに思わず吐息を漏らす。

「気に入っていただけてありがたいでありんす。お代わりもあるでありんすよ」

ジャジャナの様子に、チャルンは再び笑みを浮かべる。

「あ、あの……ありがとうございます……あ、あと……部屋も貸して頂いてありがとうございます……早く新しい部屋を探して出ていきますので……」

ジャジャナは頭を下げて視線を隣へ向ける。

そこには、簡易ベッドの上で大の字になって寝息をたてているヤーヤーナの姿があった。

――ヤーヤーナ。

元はヤンデレナという名で闇王の元、舞踏を模した暗殺舞踊を駆使し、闇商会の用心棒的な役割を担っていた。

ジャジャナとともにフリース雑貨店に潜入調査に入ったところ、自らの舞踊をカルシームやチャルンに認められ、ヤーヤーナとしてカルチャ飲物店の店員としての新たな人生を歩み始めている。

元闇商会の店員のため、部屋を借りる際に自分の身分を証明しにくく、新しく部屋を借りることが難しいジャジャナとヤーヤーナ。

そんな二人に、

「なら、ワシとチャルンちゃんの部屋に住めばよいじゃろ。フリオ様の配慮のおかげで、部屋が余っているからの」

骸骨の骨をカタカタ言わせながら笑うカルシームの一言で、二人の居候が決まっていたのであった。

——カルシーム。

元魔王代行を務めていたこともある骨人間族《スケルトン》にしてチャルンの夫。

一度消滅したもののフリオのおかげで再生し、今はフリオ宅に居候し、フリース雑貨店の一角でカルチャ飲物店を経営している。

「あら、そんな心配しなくてもいいのでありんすよ。なんでしたら、フリオ様にお願いすれば、二人の個室を準備してくれるでありんすよ」

「いえ……そ、そこまでしていただかなくてもと言いますか……ここで作業させて頂くと、お店のことをすぐに相談できますので、むしろありがたいですし……」

あたふたしながら、必死に言葉を続けるジャジャナに、チャルンはにっこり微笑む。

「そうでありんすか。なら、お店のためにも、仕事のためにも、これからもここにいてほしいでありんす……あ、だからといって、遅くまで仕事をしてもらうのは申し訳ないでありんすゆえ、ほどほどでお願いするでありんすえ」

「あ、は、はい……」

チャルンの言葉に、ジャジャナは椅子から立ち上がり、深々と頭を下げる。

その時、部屋の扉が開き、ラビッツが顔を覗かせた。


――ラビッツ。

カルシームとチャルンの娘。

骨人間族《スケルトン》と魔人形の娘という非常に希少な存在。

カルシームの頭上にのっかるのが大好きで、いつもニコニコしている。

もうじきホウタウ魔法学校に通いはじめる予定。


「マーマ……まだ?」

ラビッツは長い耳をピコピコ動かしながら、チャルンをじっと見つめる。

「はいはい、すぐに行くでありんすえ」

苦笑しながらラビッツの方へ向き直る。

「まったく……起きている時は、カルシーム様の頭上が大好きでありんすのに、寝る時は、アタシと一緒でないと嫌でありんすとは……ラビッツは本当に甘えん坊でありんすねぇ」

そう言ってチャルンは苦笑する。

「そういうわけで、アタシも休ませていただくでありんすゆえ、ジャジャナも早く休むでありんすえ」

「は、はい……わかりました。おやすみなさい」

再び頭を下げるジャジャナの視線の先で、チャルンはラビッツに腕を引っ張られていった。

◇とある街のとある街角◇

クライロード魔法国の北方の国境近く。

クライロード城からかなり離れた場所にある、とある街。

その街道を一本裏に入った裏街道の角にあるとある建物。

石造りのその建物の二階の一室の中に、一人の男の姿があった。

窓から差し込む月明かりに照らされているその男は、豪奢《ごうしゃ》な椅子に深々と腰掛け、忌々しそうに舌打ちを繰り返している。

「……しかし、ホウタウの街へ商会の潜入調査として送り込んだヤンデレナとジャンデレナの二人が、音信不通になるとはな……」

吐き捨てるようにそう言って再び舌打ちをするその男——闇王。


——闇王。

元クライロード魔法国の国王であり姫女王の父。

悪事がばれ、国を追放された後、王在位時から裏で行っていた闇商売に活路を見出し闇王を名乗っている。


闇王の言葉に呼応するかのように部屋の扉が開き、二人の女が室内に入ってくる。

「そのことですコンけど……もともとあの二人を低賃金でこき使いすぎたのが原因といえなくもないコン」

そう言って、金角狐《きんつのぎつね》が大きなため息を漏らす。


——金角《きんつの》狐。

元魔王軍の有力魔族であった魔狐族の当主姉妹の姉で金色を好む。

魔狐族崩壊後、闇商売で協力関係にあった闇王と手を組み行動をともにしている。

「なんのかんの言って、優秀だったココン。あの二人」

金角狐《きんつの》の隣で、銀角狐《ぎんつの》が頷く。


──銀角狐《ぎんつの》。

元魔王軍の有力魔族であった魔狐族の当主姉妹の妹で銀色を好む。

魔狐族崩壊後、闇商売で協力関係にあった闇王と手を組み行動をともにしている。


そんな二人の言葉に、闇王は忌々しそうに舌打ちした。

「うるさい！　済んだことを今更グチグチ言っても仕方あるまい……で、二人の行方はまだわからんのか？」

「それコンけど……まともな身分証明が出来ないあの二人コン、場末の宿屋か、怪しげな賃貸を間借りしているかと思い、そういった系列店を捜索しているコン」

「……けど、いまだに消息は見つからないココン。闇商会から姿をくらました以上、フリース雑貨店の近辺にまだいるとは思えないココンし……」

金角狐《きんつの》と銀角狐《ぎんつの》は困惑しながら顔を見合わせる。

その報告に、闇王は再び舌打ちをした。

「見つからないのなら仕方ない……それよりも、次だ、次」

そういうと、手にもっていた書類を金角狐《きんつの》に放り投げる。

「……これは、何コン？」

「あぁ、この国は、まだワシがクライロード国王だった頃に部下を送り込んでいた近隣の国なんだが、そこに乗り込む算段をまとめた物じゃ。この書類のとおり下準備を進めてあるから、お前たちが仕上げをしてこい」

金角狐《きんつの》の質問にそう言い捨てる。

「近隣の国、コンねぇ……」

金角狐《きんつの》は書類の内容を確認しながら、表情を曇らせる。

（……内容はともかく、ジャンデレナ以外の店員が準備を整えたとなると、情報がどこかから漏れている可能性があるコン……）

その横から、金角狐《きんつの》が手にしている書類を覗き込む銀角狐《ぎんつの》も表情を曇らせた。

（……しかも、この内容……一見するとしっかりしているコンけど、よく見るとかなり内容がガバガバに見えるココンねぇ……）

二人は互いに視線をかわし、小さくため息を漏らす。

それに気づいたのか、闇王は、

「何してやがる！　とっとと行かねぇか！」

声を張り上げた。

「……はいはい、わかったコン」

「すぐに向かうココン」

闇王の言葉に、金角狐《きんつの》と銀角狐《ぎんつの》は足早に部屋を出る。


部屋を後にした二人は廊下を歩いていく。

「ねぇ金角狐《きんつの》姉さん。本当にこのまま、この計画を進めるココン？」

「なんのかんの言っても、本拠地が壊滅しているアタシたちにとって、闇王がため込んでいる資金は貴重コン、とりあえず表向きは従っておくコン」

「表向きは、ココン？」

「そう……表向きは、コン。何しろ、今回向かうよう指示されている国は、西方コン」

「……西方というと、まだアタシたちの威厳が通用するココンね」

「えぇ、アイツもあのあたりにいるはずコン、だから……」

廊下を歩きながら声を潜め、何事か相談していく。

その顔には、不敵な笑みが浮かんでいた。

第二章 ホウタウ魔法学校リニューアル……8

◇ホウタウの街・街道◇

フリオがいろいろな依頼を受けてから数日経《た》った。

まだ、街道沿いの店がほとんど開いていない早朝。

数台の荷馬車が、フリース雑貨店の方へ向かって街道を進んでいた。

「さてさて、今日も朝一の定期魔導船で、行商に向かいませんとね」

先頭の荷馬車の操馬台に座っている大柄な男は、右手の人差し指と親指で口髭を触りながら前方へ視線を向けていた。

その言葉に、男の隣で操馬台に座り、手綱を握っている筋骨隆々の男が頷《うなず》く。

「そうですね。最近は、利用者が多くて、早く行かないと朝一の便に乗れない事もありますから」

そう言って手綱を引き締める。

そのまま、前方を見つめていたのだが、

「……あれ？」

その男は、目を丸くしながら首をひねった。

「うむ？　ヒートさん、どうかなさいましたか？」

「あ、いえ……その、この街道なんですけど……あんなに長かったですかね？」

筋骨隆々な男は困惑しながら前方を指さす。

大柄な男は指さされた先を目を凝らして見つめる。

その視線の先、前方右手に定期魔導船の発着場がある。

そのすぐ向こうに、城壁がある……はずなのだが……。

「気のせい……では、ありませんね……城壁の位置が、昨日に比べて、かなり向こうになっているような……」

二人は困惑しながら前方の城壁を見つめる。


その異変に気づいたのは、二人だけではなかった。


その後方を進んでいる他の荷馬車の人々も、

「城壁がずいぶん遠くなってないか？」

「な、なんだあれは？」

「しかも、定期魔導船の発着場と城壁の間の街道沿いに、びっしりと建物が建ってるような……気のせいか？」

「いや、気のせいじゃない！　間違いなく、昨日よりも城壁の位置が遠くになって、建物の数が増えてるぞ！」

口々にそんな声をあげていた。

◇昨夜・ホウタウの街◇

この日の前日の夜。

時刻は、午前零時を少し回っていた。

日中、多くの人々でにぎわっていたホウタウの街も、深夜になり、酔客の姿も見かけなくなっている。

そんな中、閉店しているフリース雑貨店の前に、フリオとヒヤ、そしてエリナーザの三人が立っていた。

「夜も遅いし、僕一人で大丈夫だよ。二人は、家に帰って休んでくれれば……」

フリオは申し訳なさそうな表情をその顔に浮かべながら、左右に立っているヒヤとエリナーザに声をかける。

そんなフリオに、

「もう、パパったら。みんなでやれば、それだけ早く終わるでしょ？」

エリナーザがにっこり笑みを浮かべる。

「エリナーザ様のおっしゃる通りでございます。それに、このヒヤ、至高なる御方《おんかた》のお役に立つ事こそが、至上の喜びと感じますゆえ」

ヒヤは右手を左胸の前にあて、恭しく一礼する。

「……じゃあ、頼らせてもらおうかな。計画はこんな感じで」

フリオが右手を頭上に向かって伸ばす。

その頭上、夜空に図面が浮かび上がっていく。

「まず最初に、右の図面に従って城壁の移動と街道の再編。次に左の図面に従ってホウタウ魔法学校の闘技場の改築工事を順番に行っていく予定です」

エリナーザとヒヤの二人は、フリオの言葉を聞きながら上空に映し出されている図面を確認していく。

「……うん、大丈夫。問題ないと思うわ」

「さすが至高なる御方、文句のつけようもありません」

図面を確認し終えた二人が大きく頷く。

そんなヒヤの隣に、ダマリナッセが姿を具現化させる。

「図面はヒヤ様の精神世界で確認させてもらったよ。んじゃ、ちゃちゃっと片づけてしまおうぜ。この暗黒大魔導士ダマリナッセ様が助太刀してやるからさ」

ダマリナッセも頷き、ニカッと笑みを浮かべる。

そんなダマリナッセを、ヒヤがニヤニヤと見つめる。

「ほう……そんなに早く仕事を終わらせて、この私と、夜の修練をしたい、と……そういう事ですね？」

そんなヒヤの言葉にダマリナッセが顔を赤くする。

「ちちち、違《ちげ》ぇし！　そそそ、そんなんじゃねぇし！」

声を上ずらせてそっぽを向いた。

そんなダマリナッセの前で、ヒヤはニヤニヤ笑みを浮かべ続けている。

「はいはい、ではそういうことにしておきましょう……こほん、さて、至高なる御方」

一度小さく咳払《せきばら》いし、表情を引き締めたヒヤは、その視線を改めてフリオへ向ける。

「早速、作業を開始いたしましょう」

「うん、それじゃあ、お願いできるかな？」

ヒヤの言葉にフリオが頷く。

フリオが両手を伸ばすと、その腕の周囲に魔法陣が展開し、同時に、街道にも巨大な魔法陣が出現する。

すると、その魔法陣に押されるようにして、城壁がゆっくりと移動しはじめる。

フリオの魔法によって、今ある位置から城壁が外側に向かって移動していく。

城壁が移動したことにより、当然隙間が生じる。

そこにエリナーザが飛翔《ひしょう》し、両手を伸ばす。

その手の先に魔法陣が出現し、同時に城壁の切れ間に大きな魔法陣が展開される。

その中から出現した無数の石が城壁の切れ間を埋めていく。

「城壁用の石は十分に準備してあるわ。予定よりもっともっと移動しても対応できるわよ」

「ありがとうエリナーザ。助かるよ」

二人の作業により、城壁がどんどん外側へと広がっていく。

そんな城壁の内側に、ヒヤとダマリナッセが移動してくる。

「じゃあ、街道の延長はこのダマリナッセ様が担当するよ」

「では、街道沿いの建物の建設は僭越《せんえつ》ながらこのヒヤが担当させていただきます」

二人がそれぞれ両腕を伸ばす。

同時に、街道の延びた部分に石畳が敷かれ、その周囲に新しい建物が出来上がっていく。

「建物の構造は……すべてこの図面の通りでございますね」

「うん、とりあえず同じ構造にしておいて、入居者の希望があればその都度対応していく予定にしているんだ。あ、石は、この魔法袋の中に作っておいたから、遠慮なく使ってね。それと、エリナーザ、城壁の拡張はこれくらいにしておこう」

「わかったわパパ。じゃあ、私、ヒヤさんの手伝いに回るわね」

「僕も手伝うから、一緒にやろうか」

「そんな……至高なる御方のお手を煩わせずとも、この程度の作業、このヒヤ一人で十分行えますゆえ、お二方は休憩なさってくだされば」

「いえいえ、この後ホウタウ魔法学校の闘技場の改築も行いますので、早くここの作業を終わらせてしまいましょう」

「急いで……でも、しっかり手を抜かずに作業を行わないと、よね？　パパ」

「うん、その方針で頼むよエリナーザ」

そんな会話をしながら、四人は作業を行っていく。


その光景を、ゴザルは城壁の外側にあるフリオ家の近くから眺めていた。

「何か手伝えることがあればと思って出向いてみたが……あの様子だと必要なかったようだな」

腕組みしながら、フリオ達《たち》が作業を行っている方角を眺めている。

その視線の先では、無数の魔法陣が飛び交っており、その魔法陣が光り輝く度に、街並みの建物が増えていくのが見て取れた。

「それにしても……あれだけ派手に作業しているニョに、ほとんど音がしないのもすごいニャねぇ」

その隣に、ウリミナスが歩み寄ってくる。

後頭部で手を組みながら、ゴザルと並んでフリオ達の作業の様子を眺める。

さらに、その後方からタニアが駆け寄ってきた。

「この私とした事が……お風呂掃除に手間取ったがために、ご主人様の作業に遅刻してしまうとは

「……」

先ほどまで風呂掃除で使用していたと思われる棒擦りを一振りすると光り輝き、魔法の杖《つえ》へと変化する。

そのまま、作業を続けているフリオ達の元へ全速力で駆け出していく。

「風呂掃除……多分、作業を終えたフリオ殿達に、一番風呂を提供しようとしたのであろうな」

その後ろ姿を見送りながら、ゴザルが口元に笑みを浮かべる。

「普通の風呂ならともかく……ウチの風呂は男女それぞれ一度に二十人は入れる広さニャし、それを、就寝前のみんなが入り終えてから掃除して、って……この短時間で……」

ウリミナスがそう言いながら目を丸くする。

その後方から、

「旦那様〜！」

大きな包みを抱えたリースが走ってくる。

「リースよ、その包みはなんなのだ？」

「これですか？　作業している旦那様達の夜食に決まっているでしょう？」

ゴザルの言葉に対し、

（は？　あなた何言ってるのですか？　そんな事もわからないのですか？）

とでも言わんばかりの表情をその顔に浮かべていた。

「っと、こんなところで止まっているわけにはいきませんわ！　一刻も早くこの夜食をお届けしないと！」

リースはハッとし慌てて駆け出していく。

その後ろ姿を見送っていたゴザルは、

「……そうだな。リースも向かっているのだし、私も向かうとするか」

飛翔し、フリオ達が作業している方に向かう。

「しょうがニャいニャね。アタシも手伝いに行くニャ」

やれやれといった様子で、ため息を漏らしたウリミナスは、獣化し、手足を地獄猫《ヘルキャット》に変化させ、地上を疾走する。

◇ホウタウの街・ホウタウ魔法学校◇

「……と、言うわけで、無事に闘技場の改修工事を終えることが出来ました」

闘技場の管理室から、場内を見回しているフリオ。

その横で、ホウタウ魔法学校の校長ニートと、事務員のタクライドは目を丸くしながら場内を見回していた。

先日、フリオ達が出向いた時の闘技場は、一階建てで、模擬戦の形式によってその都度闘技場の状態を変更する必要があった。

……しかし。

「今回、改修したこの闘技場ですが、場内の形態をこの管理室で変化させることが出来る仕組みになっていまして……」

フリオが、ボタンを押すと、闘技場の内部が森のように変化していく。

別のボタンを押すと、海岸に。

別のボタンを押すと、砂地の平地に。

ワンタッチで即座に闘技場の内部が光り輝き、変化していく。

そうして一通り見せたあと、森のステージに戻る。

「こんな感じで状態を変化させることが出来るのですが……とりあえず、降りて見てください」

フリオはそう言って、管理室から闘技場内へ移動する。

その後を、リース、ニート、タクライドの順番で付き従っていく。

「うわ……この川……マジで水が流れているみたいですね」

足元の川に足を突っ込んだタクライドが、その感触に目を丸くする。

「えぇ、実際に水が流れているわけではありませんが、魔石の力で、実際に川の水が流れているように感じられる仕組みになっています。その応用で、天候を晴れ、曇り、雨、雪に変化させたり、時間帯を日中から深夜に変化させたりすることも可能です、しかも……」

フリオが言葉を切って飛翔魔法で宙に浮き上がる。

そのまま加速し、上空に向かってまっすぐ飛翔していく。

「あ……あぶな……え？」

天井にぶつかると思い、タクライドは思わず手を伸ばす。

しかし、その視線の先で、フリオの体はどこにぶつかることもなくぐんぐんと上昇し、その姿がどんどん小さくなっていく。

『管理室で、施設の制御を行っていると、このように空間を広げることも可能でして、リヴァーナが龍の姿に変化しても問題なくなるというわけです』

距離が離れすぎたため、フリオは思念波でニート達に話しかけた。

「はぁ……な、なるほど……」

タクライドはフリオの説明に目を丸くし、改めて周囲を見回していく。

「これだけの施設を……この短期間に作ったのねぇ」

ニートもまた、そう言うのがやっとの状態だった。

急下降したフリオは一同の眼前に着地する。

「これで、施設の問題は解決出来るのですが……もう一つの問題といいますか、魔力が強すぎる生徒の対応についてなのですが……ある程度の年齢になれば、エリナーザやガリルのように自分の魔力をコントロールできるようになると思います。それまでの間……いわゆる魔力が未成熟な状態の生徒達が闘技場の授業を受ける際にはですね……急場しのぎの方法なのですが……」

そう言って、フリオが腰に下げている大きな魔導銃を取り出した。

ニートとタクライドは、その魔法銃を怪訝《けげん》そうな表情で見つめていた。

◇数日後・定期魔導船内◇

ホウタウの街には、街の中心にあるホウタウ街役場を中心に東西南北に主要な街道が延びている。

そのうちの一本、西方に延びている街道は、ホウタウの街の周囲を覆うようにして設けられている城壁まで延びており、その先に城門が設けられている。

クライロード魔法国の西方最後の交易都市であるホウタウの街から、さらに西方に延びる街道は、クライロード魔法国の国境を越え、広大な砂漠へと至り、もっとも近隣の国家であるインドル国へ続いている。

そんな街道の真上を、一隻の魔導船が飛行していた。

その飛行船の中には、大きく分けて三種類の船室がある。

一つは、最も安い椅子だけの船室で、魔導船の後部の大部屋の中にまとめて設置されており、大きな窓から魔導船の後方の景色を眺めることができる。

あとの二種類はともに個室であり、一つは一人部屋、もう一つは家族で利用出来る大部屋になっている。

どちらの部屋にもベッドや机などが設置されており、窓からは魔導船の進行方向に対して横の景色を眺めることが出来る。

そんなファミリー用の個室の一つ。

その中に、四人の人物の姿があった。

そのうちの一人、凛《りん》とした顔立ちながらも、小柄で細身のためかなり幼く見える女の子は、窓の近くに立ったまま、外の景色を眺め続けていた。

「シアナ、そこからの景色がそんなに気に入ったのかい？」

そんな女の子の後方から、椅子に腰かけ、書物に目を通していた男が声をかけた。

その言葉に、その女の子――シアナは、目を輝かせながら後方を振り返る。

「とっても気に入りましたわ、お父様！　今までインドル国の街並みしか見たことがありませんでしたのよ！　この光景、気に入らないわけがありませんわ！」

シアナは満面の笑みを浮かべ、椅子に座っている父親へ視線を向ける。

そんなシアナの様子に、父親は満足そうに頷いた。

「うむうむ。この魔導船はね、これから向かうクライロード魔法国のホウタウの街から毎日定期的に飛行しているそうだからね。ホウタウの街で始まる新生活が落ち着いたら、またこの魔導船に乗って、どこかに遊びに行くのもいいかもしれないね」

「ほんと!?　約束よお父様！」

シアナは笑顔で表情を輝かせながら、再び窓の外へ視線を向ける。

その様子を、笑顔で見つめている彼女の母親は、シアナの後方に控えているもう一人の女の子へ視線を向けていく。

「テルミー。申し訳ないけれど、新しい街での、シアナのお世話もよろしくお願いするわね。特に、転校先のホウタウ魔法学校は、かなりレベルが高いとも聞いておりますし、噂《うわさ》では、われらが女神様とも関係があると言われておりますので……」

「了解しました。すべては、シアナ様のメイドである、このテルミーにお任せくださいませ」

そういうと、その場で恭しく一礼するメイド服の女の子――テルミー。

テルミーは、一家の出身地であるインドル国の黒を基調とした民族衣装を身に着けており、メイドらしくエプロンを着用していた。

その表情は、緊張しているのか、ややこわばっている。

振り向いたシアナは、そんなテルミーの様子に気付くと、

「もう、テルミーってば、そんなに堅苦しくしなくていいわ。貴方《あなた》は私が幼少の頃から一緒に育った姉妹みたいなものじゃない」

満面の笑みでそう声をかける。

「そのように思っていただけて、恐縮です」

その言葉を受けても、テルミーはどこか緊張した様子で返事をする。

そんなテルミーの様子に、シアナは不満そうな表情を浮かべた。

「まぁいいわ。とにかく、私たちの新しい故郷、ホウタウの街でもよろしくね、テルミー。一緒に、インドル国の女神様のような存在になれるように頑張っていきましょう！」

再び笑みを浮かべると、テルミーの手を両手で握る。

「はい、わかりましたシアナお嬢様」

その手を、緊張した面持ちのまま握り返すテルミー。

そんな二人の様子を、シアナの両親は微笑《ほほえ》みながら見つめていた。

程なくして、一家を乗せた定期魔導船が着陸のために下降し、眼下にホウタウの街が見えはじめていた。

◇数日後・ホウタウの街・フリオ宅◇

この日、定期魔導船でクライロード魔法国からホウタウの街にやってきた第三王女ことスワン。

スワンはその足で、まっすぐフリオ家へ向かう。

出迎えたたリースが挨拶をするよりも早く、深々と頭を下げると、

「あの……せ、先日お手紙でお知らせいたしましたように、視察の関係でホウタウの街に来ること

になりまして、その間、お邪魔させて頂くことになりましたスワンですわん」

その姿勢のまま、持参した手土産の箱を差し出した。

「えぇ、こちらこそよろしくお願いしますわ」

手土産を受け取ったリースがにっこり微笑む。

その後方から、

「あ、スワンちゃん！」

リルナーザが笑顔で駆け寄ってきた。


この日は休日で学校が休みな事もあり、リルナーザはスワンが来るのを自宅で待っていた。


「あ、リリリ、リルナーザちゃ……」

スワンが言い終わるより早く、リルナーザはスワンに抱きつく。

「久しぶりなのです！　会えて嬉《うれ》しいのです！」

満面の笑顔のままスワンを抱きしめていく。

ともに小柄な二人だが、リルナーザの方が背が高いこともあり、スワンは腕の中におさまった。

（……あわわわわ、ひ、久しぶりに会えたリルナーザちゃんの匂いが……匂いが……ちょ、こ、これ、まずいというか……やばいというか……溜《た》まっていた仕事を終わらせるために徹夜した脳内には刺激が強すすすす……）

顔を真っ赤にし、完全に固まっているスワン。

そんな二人の周囲に、サベア達も遅れて駆け寄ってくる。

「リルナーザ。スワンは到着したばかりで疲れているでしょうし、客間で休んでもらっ……」

リースがそこまで口にすると、
ハッと正気を取り戻したスワンは、

「あ、いえ。滞在中は、いつもの場所で寝起きさせてもらえれば問題ないですわん」

リースに向かって言葉を返す。

「いつもの場所と言われると……でも、今回はお仕事で来ているのでしょう？」

「えぇ、そうですわん。でも、その方が仕事がはかどりますわん。出かける前に身だしなみを整えておけば問題もないですわん」

「でも……本当にいいんですか？」

リースはリビングの奥と、リルナーザに抱きしめられたままのスワンを交互に見つめる。

そんなリースに、

「はいですわん」

スワンは力強く頷いた。

その日の夜……。

ホウタウの街の会合で、帰宅が遅くなったフリオは、リビングのいつもの椅子に座っていた。

「なるほど……それでスワンさんは、あそこにいるのか……」

「えぇ、今回は仕事で来られたわけですし、客間を準備していたのですけど……ご本人がどうしてもと言われまして……」

フリオの前に、飲み物を差し出しながらリースが苦笑する。

そんな二人の視線は、リビングの奥に設置されているサベア一家の小屋へと向けられていた。

そこは、狂乱熊《サイコベア》姿のサベアと、サベアと同じくらいの大きさのタベアが二人同時に横になって眠れるだけの広さがあるのだが……。

リルナーザもまた、そんなサベア達と一緒に、この小屋の中で就寝するのが日課になっており、スワンの姿はそんなリルナーザの隣にあった。

疲れのためか、サベアのお腹《なか》の上で寝息をたてているスワンは、リルナーザに抱きつかれ、自らも抱き返す恰好《かっこう》で眠りについていた。

クライロード城では、激務が原因で不眠と頭痛、肩こりに悩まされているスワン。

しかし、リルナーザと顔を寄せ合って眠っているその表情は安堵《あんど》のそれで、一目で熟睡しているのが理解できた。

そんな二人の様子を、フリオがいつもの飄々《ひょうひょう》とした笑顔で見つめる。

「まぁ、スワンさんがいいなら、問題ないか」

「えぇ、リルナーザやサベア達も歓迎していますしね」

フリオの言葉に、くすりと微笑むリース。

その言葉通り、眠っているリルナーザとスワンの周囲には、一角兎《ホーンラビット》のシベアと、その子供達が二人を取り囲むようにして横になり、皆、気持ちよさそうな寝息をたてていたのであった。

（……はぁ……幸せですわん……）

スワンは、久々の熟睡を満喫し続けていた。

◇翌朝・ホウタウ魔法学校◇

とある教室の中。

朝礼が行われている教室内。

教壇にはベラノが立っていた。

「……転校生……自己紹介してください」

ベラノの言葉を受けて、その隣に立っていたシアナは、

「はい！　インドル国から引っ越ししてきましたシアナです。皆さん、よろしくお願いします！」

元気な声で挨拶をしていく。

続いて、その隣に立っているテルミーが、

「……シアナ様のメイド……テルミーです……よろしく」

相変わらず緊張しているらしく、表情をがちがちに強張《こわば》らせながら、どうにか言葉を絞りだしていた。

そんな二人は、

「……じゃあ、席は、一番後ろの、あそこ」

ベラノに促されて、教室内の一番奥の席へと移動していく。

二人が席につくと、

「はじめまして！　私リルナーザっていいます。同じクラスですので、仲良くしてくださいね」

シアナの隣の席になったリルナーザが、満面の笑顔をシアナに向ける。

「私はシアナ。こっちは私のメイドのテルミー。メイドだけど、姉妹みたいなものだから、一緒に仲良くしてほしいわ」

シアナは自己紹介しながら笑顔で言葉を返す。

シアナはその顔に笑みを浮かべながら、横目で教室を見回していく。

（……ホウタウ魔法学校って、レベルが高いって聞いていましたけど、見たところ大した魔力を持った同級生はいないみたいじゃない。まぁ、インドル国立魔法学校の首席だった私からすれば、それも仕方ないことかもしれませんわね）

そんな事を考えながら、その顔に作り笑いを浮かべていた。

◇その日の午後・ホウタウ魔法学校闘技場◇

校長室から闘技場に向かう廊下を、スワンはニートに案内されながら進んでいた。

「この度は、わざわざクライロード城から視察にお越しくださり、ありがとうございますねぇ」

「いえ、こちらこそ視察の申し出を快く引き受けてくださり、感謝いたしますわん」

スワンは第三王女として、相応のドレスを身にまとい、厳かな立ち居振る舞いを心がけていた。

そのため、その姿からはリルナーザの前で見せる年相応の天真爛漫《てんしんらんまん》さを感じることは出来なかった。

「そういえば、定期魔導船でこちらへこられたとのことですけどねぇ。あのあたりもかなり変わっていましたよねぇ?」

「え？　あ、はぁ……」

「魔王軍との間に休戦協定が結ばれましてからこっち、隣国の方々がたくさん引っ越ししてこられていましてねぇ。その受け入れのために、比較的土地に余裕のあった定期魔導船の発着場付近を、フリース雑貨店の皆様が急ピッチで拡張してくださったんですよねぇ」

ニートの話を聞きながら、第三王女は笑顔で頷く。

（……そ、そうだったのですわん？　わ、私ってば、リルナーザちゃんに一刻も早く会いたくて、

周囲の様子が変わっていたなんて、まったく気づきませんでしたわん）
しかし、その額には冷や汗が伝う。
第三王女は、それをさりげなく拭いながら闘技場へと向かっていった。

そんな一行が闘技場の観覧席へたどり着く。

「ちなみに、この闘技場もフリース雑貨店の皆様が改修してくださっておりましてですね、今日は、魔力のコントロールがまだ難しい年齢の生徒達を対象とした新しいモードの模擬戦を開催する予定でしたので、第三王女様にも視察の一環としてぜひ観戦して頂きたいと思いましてですねぇ……」

そんな会話をしながら、一行は、闘技場内を一望できる一角へと移動していく。


……同時刻。


闘技場の入口近くに、闘技場に出入りする際に、着替えをするための更衣室がある。

男女に分けられている更衣室のうち、女子更衣室の中。

「今日の闘技場の授業から、これを着るように言われましたけど……」

リルナーザは、身に着けた衣装をまじまじと見ながら、首を傾《かし》げていた。

その体にはいつもの私服ではなく、紺色の水着が身に着けられている。

「……魔法に対する耐性が強くなっているくらいで別に変わったところはなさそう……着替える意味がよくわからない」

リルナーザの隣で、リヴァーナもまた、水着を両手で持ち、怪訝そうな表情を浮かべている……のだが……衣装を観察するのに集中しすぎているため、

「ちょ!? リ、リヴァーナちゃん！　いくら女の子しかいないからって、すっ裸のままはよくないと思うの！　観察するのは何か身に着けてからにしようよ！」

慌てふためいているリルナーザの言葉通り、衣服を脱ぎ去り、水着を身につけようとしたところで、その水着に興味を持ってしまったリヴァーナは、自分がすっ裸なのを気にすることなく、水着の観察に没頭してしまっていたのであった。

そんなトラブルがありながらも、更衣室の中では和気あいあいと着替えが進んでいく。

その一角で、シアナは怪訝そうな表情を浮かべていた。

「まったく……魔法の模擬戦なのに、なんで水着に着替えないといけないわけ？　ちょっと理解できないわ」

「そうですね……私も、経験ない、です……」

その隣で、身に着けたばかりの水着をまじまじと見つめているテルミーもまた、困惑した表情を浮かべる。

インドル国出身ということもあり、テルミーは褐色の肌をしている。

一方のシアナは、他の生徒よりも色白な肌をしている。

そんな二人は、着替えを終えると闘技場の入口へと向かう。

その入口の横に、大きな魔導銃が置かれていた。

「何？　これを使うわけ？」

怪訝そうな表情を浮かべながら、シアナは魔導銃をまじまじと眺める。

その銃はかなり大きく、グリップを握ると手首にリストバンドのような魔法陣が出現した。

生徒たちが困惑する中、ベラノが室内に入ってくる。

「この魔導銃は、みんなの魔力を水に変換して射出することが出来る仕組みになっているの……水圧は、怪我《けが》しないようにみんな固定されているけど、放出できる水の量はみんなの魔力次第、です……魔力がたくさんある生徒さんが有利ですけど、規定量の水を浴びせられると、戦闘不能になってしまいます、ので……みんな、その事にも気を付けながら模擬戦を行ってください、ね。最終的には、お互いの陣地に設置されている大型の魔石に一定量の水を浴びせて、自軍の色に染めるか、相手チームのメンバー全員を戦闘不能にしたチームが勝ちとなります」

そういうと、ベラノもまた、生徒たちと同じ魔導銃を構える。

「今日は、はじめての新模擬戦なので、私もみんなと一緒に戦います」

ベラノの言葉に、生徒たちの間から歓声があがった。

「ベラノ先生と一緒なら心強いや！」

「ベラノ先生の防御魔法はすごいもんな」

「ベラノ先生頑張ろうね！」

口々に、ベラノに声をかけていく生徒たち。

その声を聞きながら、ベラノは心の中で安堵のため息を漏らしていた。

（……こ、この戦闘方法なら……攻撃魔法が使えなくても戦える……よかった）

「じゃ、じゃあ、行きます」

ベラノは水着姿のまま、先頭に立って闘技場内に足を踏み入れる。


場内は、密林の状態に設定されており、対岸のチームの姿はほとんど見えない。

しかし、

「さぁ、ベラノ先生、ここであったけんど百年目！　勝ちはもろうたぜよ」

相手側から教員の声が聞こえてくる。

「……あの声……おりょう先生……」

その言葉を聞き、ベラノは青ざめる。


——おりょう。

東方の日出《ひいずるくに》国出身で、ホウタウ魔法学校において攻撃魔法を教えている教員であり、ホウタウ魔法学校の教員の中でもトップクラスの魔力量を誇っている。

対戦相手を知ったベラノが立ちすくむ中、闘技場内に、新模擬戦開始を告げるサイレンが鳴り響いた。

◇◇◇

数十分後……。

試合終了を告げるサイレンが闘技場内に鳴り響く。

新模擬戦の様子を管理室の中から監視していたタクライドは、

「よかった……フォルミナさん、ゴーロ君、コウラさんが参加していたというのに、施設がまったく壊れなかった……生徒にも怪我人が出なかった……本当によかった……」

安堵の言葉を、まるで呪詛《じゅそ》の言葉のように何度も何度も口にしていた。

観覧席で、新模擬戦の様子を見守っていたニートは、

(……クライロード魔法国からの視察が思いの外早《ほか》かったこともあって、ぶっつけ本番になったも

のの、施設の破損もなく、怪我人もなく、無事に終わってよかったわねぇ……）

内心、安堵のため息を漏らしながら、表面上は平然とした様子を保ち続けていた。

その視線を隣の第三王女へ向けていく。

「第三王女様、いかがでしたかねぇ？」

ニートの言葉を受けた第三王女だが、その言葉に反応することなく、座ったまま固まっている。

（……な、な、な、なんてことですわん……ま、ま、ま、まさかリルナーザちゃんの水着姿を見ることが出来ただけでなく、水浸しになる姿まで見ることが出来るなんて……）

一見、平然とした様子で新模擬戦を観戦していた第三王女だが、内心ではリルナーザの水着姿に釘付《くぎづ》けで、その一挙手一投足を目で追い続けており、新模擬戦が終了した今も、その余韻に浸っていたのであった。

「……あの……第三王女様？」

「……」

「……第三王女様？」

「……」

「……お〜い？」

「……え、あ、はい？」

何度目かの呼びかけで、ようやく我を取り戻した第三王女は、目を丸くしながらニートの方へゆっくりと顔を向けた。

「……第三王女様、いかがでしたかねぇ？」

ニートの言葉に、第三王女は一瞬言葉に詰まったものの、

「あ、はい……えっと……大変よろしゅうございました」

どうにかこうにか、言葉をひねり出すことが出来た。

「あ、はい……それはよろしゅうございました……？」

（……えっと、何か微妙にかみ合っていない気がするけど……まぁ、何も問題がなかったってことみたいだし、よしとするかねぇ……）

第三王女の言葉に違和感を覚えながらも、自分を納得させるように頷いた。


闘技場内。

青く染まった魔石の前で、ベラノが両腕を突き上げていた。

肩で息をしながらも、

「……勝った……」

その顔は、やり切ったという満足感に満ち溢《あふ》れていた。

その隣では、ベラノの青チームだったリルナーザが満面の笑みを浮かべながら万歳を繰り返していた。

それに呼応するように、リルナーザと同じチームだったコウラも万歳しているものの、

「……でも、コウラ……戦闘不能になった……残念……」

不満そうな表情がその顔に浮かんでいた。

その言葉通り、コウラの頭上には『戦闘不能』の文字が浮かんでおり、相当な量の水を浴びたのが一目でわかるほど全身ずぶ濡《ぬ》れになっている。

「うんうん！　次は頑張ろうね！」

リルナーザはそんなコウラを笑顔で励ます。


リルナーザは、模擬戦の最中も、味方メンバーに的確に指示を出し、自ら最前戦で撃ち合い、仲間を助け続けていた。

そのため、魔力量では圧倒的だったフォルミナとゴーロの姉弟特有の息の合ったコンビネーションを前にして一歩も引くことなく、互角以上の状態で戦線を維持し、最終的に勝利を勝ち取ったのであった。


そんなリルナーザ達の後方で、リヴァーナは腕組みしたまま首を傾げている。

「……よくわからなかったけど……リルナーザの指示通りにしていたら勝ってしまいました……」

自分の中で、勝てた理由が理解出来ないのか、困惑しきりといった表情を浮かべている。

そんなリヴァーナに駆け寄り、

「最後に、自軍の魔石がやばかった時に、おりょう先生を水流でぶっ飛ばしてくれたじゃないですか！　あれがなかったら勝てませんでしたよ！」

満面の笑みでリルナーザがリヴァーナに抱きつく。

「……えっと、あれは……おりょう先生が鬱陶しくて、つい……」

「つい、って水量じゃなかったぜよ」

そんなリヴァーナの元に、苦笑しているおりょうが歩みよってくる。

その頭上には、コウラと同じく『戦闘不能』の文字が浮かんでおり、

「ったく……引率役のアタシがねぇ……」

自虐的な笑みをその顔に浮かべた。

「むぅ、ちょっと納得いかなかったの！」

フォルミナは負けたのが悔しいのか頬を膨らませている。

「……フォルミナお姉ちゃん……ごめんね」

その横で、ゴーロはしょんぼりとしていた。

その頭上にも『戦闘不能』の文字が浮かんでいた。

「あら、ゴーロは悪くないのよ。あなたは私をかばったせいで戦闘不能になったんじゃない。あなたが私を守ってくれなかったら、私が戦闘不能になっていたわ。だから、ありがとねゴーロ」

そう言ってフォルミナは口元に笑みを浮かべ、ゴーロの頭を撫《な》でる。

「……フォルミナお姉ちゃん……」

その手の感触に、ゴーロは口元を綻ばせる。

そんなゴーロの様子をしばらく見つめていたフォルミナは、その視線を上げると、

「次は負けないんだから！　みてなさいよ」

リルナーザを指さして、笑顔で宣戦布告する。

その声を合図に、フォルミナのチームメイト達も一斉に歓声をあげていく。

それを受けて、リルナーザもまた、

「えへへ、こっちだって負けないんだからね！　ねぇ、みんな！」

リルナーザが拳を突き上げると、それに呼応して、リルナーザのチームメイト達も一斉に歓声をあげた。

その光景を、おりょうとベラノは少し離れた場所から見つめていた。

（……今まで、こんな一体感、なかった……）

（……だな……うん、たまにはこういうのも、いいもんぜよ……）

互いに顔を見合わせ、満足そうに頷き合う。

……ちなみに、

戦闘不能の判定をするための魔法が付与されている水着が、生徒用しかなかったため、生徒用の水着を着て参戦したおりょうとベラノ。

生徒用のＳサイズの水着がぴったりだったベラノに対し、おりょうはＬＬサイズの水着でも豊満な肢体のあんな場所やこんな場所が零《こぼ》れ落ちそうになっていた。

その姿が、管理室のタクライドや、参加していた男子生徒達に、なんらかの影響を与えていたのは言うまでもない。

◇◇◇

新模擬戦後の控室。

シアナは用意されていたタオルで体を拭いていた。

その隣に、自分用のタオルを持ったテルミーが歩み寄ってくる。

「あの……シアナ様……お力になれず申し訳ありませんでした……」

強張った表情のまま、テルミーは深々と頭を下げる。

新模擬戦で、ともにおりょうチームとして参戦していた。

「魔力の代わりに水で攻撃するってだけでしょ？　こんなの余裕よ」

シアナは最初こそ、余裕しゃくしゃくの様子だった。

しかし、おりょうの指示を無視して先行した結果、真っ先に狙われてしまい、それを守ろうとしたテルミーがまず戦闘不能になり、直後にシアナ自身も戦闘不能になってしまっていたのであった。

（……何もできなかったなんて……そんなのありえない……私は、インドル国立魔法学校で首席だったのよ……なのに……）

シアナは頭からタオルを被《かぶ》ったまま俯《うつむ》く。

タオルで隠れている顔には、悔しそうな表情が浮かんでいた。

そんなシアナの隣で、テルミーは深々と頭を下げたままだった。

……しかし、

シアナは一度大きく息を吐き出すと、タオルで髪の毛を乱暴に拭き、がばりと頭をあげた。

「……ごめん……テルミー……ほんとごめん」

そう言って頭を下げたままのテルミーを抱き寄せ、その背をポンポンと優しく叩《たた》く。

「今日負けたのは事実。次、勝とう」

「……はい、シアナ様」

抱き合った二人はそう言葉を交わす。

そんな二人の元に、リルナーザが歩み寄ってくる。

「あの、お邪魔してもいいかな？」

「……あ、えっと……あなた、リルナーザさんでしたわね？」

いきなり声をかけられたのに戸惑ったのか、シアナとテルミーは困惑した表情を浮かべる。

「うん、そうだよ！　リルナーザ。今日は新模擬戦お疲れ様！」

そんな二人に、リルナーザは笑顔で右手を差し出す。

シアナは困惑しながらも、その手をゆっくりと握り返していく。

それに続いて、テルミーもまた、シアナの手の上に自らの手を重ねる。

「あのさ、二人ってば、定期魔導船の発着場の近くに出来たホウタウ新商店街に引っ越してきたんだよね？　リルナーザの家もあっちの方だからさ、一緒に帰らない？」

満面の笑みを浮かべながら話しかけるリルナーザ。

「「……はい？」」

その言葉が予想外だったのか、二人はその場で目を丸くして固まった。

そんな二人の返事を、リルナーザは笑顔で待ち続けた。

◇ホウタウの街・街道◇

ホウタウ魔法学校の授業が終了し、リルナーザ達は家に向かって歩いていた。

「今日の新模擬戦のゴーロくんってば、すごかったよね！」

「……僕？」

「うん！　フォルミナちゃんめがけて魔導銃を撃ってさ、当たる！って思ったら、どこからともなくゴーロくんが飛び出してきて阻止しちゃうんだもん」

「うんうん！　今日のゴーロは本当にすごかったわ！　次回も一緒に頑張ろうね！」

フォルミナがリルナーザの言葉に頷き、一緒にゴーロを褒める。

ゴーロは二人に褒められ、顔を赤くして俯いた。

「……そういえば、シアナちゃん」

ふと、リルナーザがその視線を後方のシアナへ向ける。

「今日、少し時間ありませんか？　これからみんなでちょっと寄るところがあるのですけど、一緒にいきませんか？」

「寄るところ、ですか？」

リルナーザの言葉に、シアナが困惑した表情を浮かべる。

その顔を隣のテルミーへと向ける。

「そ、そうですね……今日は特に予定もございませんので、問題ないと思いますが……」

「じゃあ、決まりですね！」

テルミーの言葉に、リルナーザは笑顔で頷いた。

リルナーザは街道をはずれ、湖の方へ延びている脇道を進んでいく。

その後方を、フォルミナとゴーロ、リヴァーナに手を引かれているコウラ、並んで歩いているシアナとテルミーの順番で進んでいく。


ガサガサッ。


そんな一行の横、脇道沿いの草むらがいきなり揺れ始めた。

「な、何!?　魔獣!?」

シアナがその音に驚き身構える。

「シアナ様、おさがりください」

テルミーは、慌てふためきながら草むらに向かって両手を広げ、シアナを守るように立ちふさがった。

しかし、勇ましい言葉とは裏腹に、テルミーの足は恐怖からかガクガク震えていた。

そんなシアナとテルミーの視線の先、揺れ続けている草むらの中から、ひょこっと顔を出したのは、一匹の一角兎《ホーンラビット》だった。

「な、なによ……小魔獣じゃない」

その正体に、シアナが安堵の息を漏らす。

「い、いけませんシアナお嬢様。小魔獣とはいえ、一角兎《ホーンラビット》はその角で突っ込んでくる危険がありますので……」

そんな会話をしている二人の前方、一角兎《ホーンラビット》の後方に、

ひょこ。
ひょこ。
ひょこ。

次々に、一角兎達《ホーンラビット》が顔を出し、一行に向かって、

『ふんす！』
『ふんす！』
『ふんす！　ふんす！』

鳴き声をあげながら突っ込んでくる。

「こ、こんなにいっぱい!?」
「シ、シアナお嬢様ぁ」

シアナが困惑しながら後ずさる。
テルミーは腰が抜けそうになりながらも、必死に手を広げ、シアナを守ろうとする。

そんな二人の後方から、今度は巨大な熊の魔獣が姿をあらわした。

「さ、狂乱熊《サイコベア》～!?」

「お、お嬢様ぁ～」

目を丸くし、完全に固まってしまうシアナと、目を回してその場に倒れこみそうになるテルミー。

しかし、いきなりあらわれた魔獣の一群は、シアナ達の脇をすり抜けると、先頭を歩いているリルナーザに向かって飛びついた。

「あ、危ない」

シアナが慌てた声をあげる。

そんなシアナの視線の先で、一角兎《ホーンラビット》達に気が付いたリルナーザは、

「あ、サベアやみんな！　お迎えに来てくれたんですね！」

笑顔で両手を広げる。

その腕の中に、一角兎《ホーンラビット》達は一斉に飛び込んだ。

リルナーザに抱き留められ、嬉しそうに頬ずりしていく一角兎《ホーンラビット》達。

最後尾から駆けてきた熊の魔獣も、甘えた鳴き声をあげながらリルナーザに抱きつく。

その光景を前にして、シアナはその場に固まった。

しばし後、

「……え?……な、なんなんです、あれは……」

シアナはようやく言葉を口にした。

「あら、知らなかったのね。あの魔獣達はみんな我が家のペット達なのよ」

笑顔で説明するフォルミナの言葉に、ゴーロとコウラもうんうんと頷く。

「え？……ペ、ペット……って……一角兎《ホーンラビット》だけじゃなくって……あの狂乱熊《サイコベア》も……」

シアナは困惑しながら、改めてリルナーザへ視線を向ける。

「あ、違いますよ」

そんなシアナに向かって、リルナーザが手を左右に振った。

「あ、そう……その熊って、狂乱熊《サイコベア》じゃないのね……そ、それはそうよね……狂乱熊《サイコベア》っていえば、S級魔獣に分類されていて、その討伐には騎士団が……」

「この子、タベアって言って、厄災の熊さんの子供なんですよ」

そう言ってにっこりと微笑む。

「や、厄災の……熊？」

（……そんな魔獣、聞いたことがありませんわ……きっと、家畜用のおとなしい魔獣なのでしょうね。うん、きっと私が知らないだけで……でも、厄災って……まさか、伝説の書物に記載されている厄災魔獣……って、いえいえ、そんな馬鹿な……）

シアナは脳内で考えを巡らせ、どうにか自分を納得させようとする。

なお、タベアは厄災魔獣の一種で遭遇することすら稀《まれ》な魔獣であり、それを調教《テイム》するなど、ありえない事なのだが、超越者のスキルを持っているフリオから、超級の調教《テイム》スキルを受け継いでいるリルナーザだからこそ出来ていたのであった。


その後……。

シアナはタベアの事をおとなしい魔獣だと勘違いしたまま、リルナーザの後に続いていた。

どうにか正気に返ったテルミーとともに脇道を進んでいくと、その道は湖の側へと延び、いきなり開けた一帯へと辿《たど》り着いた。

「こんばんは、ラインオーナさん！」

リルナーザが手を振りながら笑顔で声をかける。

その視線は、上の方へと向けられていた。

「ライン……オーナ？」

リルナーザに釣られるようにして、シアナが視線を上げる。

その視線の先には、巨大な魔獣が座っていた。

魔獣は、森の中にもかかわらず黄金に輝くその体を、優雅に休めていた。

豪奢《ごうしゃ》な鬣《たてがみ》を揺らしながら、ゆっくりと視線をリルナーザへと向ける。

「やぁ、リルナーザ。今日も会いに来てくれたのかい？」

「はい！　ラインオーナさんに会いに来ました！」

「そうかそうか、こうして会いに来てくれるだけで嬉しいよ」

口元に笑みを浮かべながら鬣を揺らして頷く。


――神獣ラインオーナ。

球状世界の平和維持を一匹で担うことが出来ると言われている伝説の魔獣だが、神界に突如発生した神獣ペットブームの影響で、密猟され、今では球状世界絶滅危惧種に分類されている。

そんな中、いろいろと問題を起こしまくっていたラインオーナは、どうにかこうにか密猟者の魔の手から逃れ、この湖の側《そば》でフリオによって庇護《ひご》されていたのであった。


「大きな……魔獣……」

シアナがラインオーナを見上げながら目を丸くする。

「……それを従えている……女性……？」

テルミーは体を震わせながらリルナーザを見つめる。

「そ、それって……で、伝説の……」

「め、女神さ……」

そこまで口にしたところで、シアナとテルミーは完全に意識を失い、その場に倒れこんだ。

◇数刻後・フリオ宅◇

一階のリビング。

皆が食事をとる大きなテーブルにつき、リルナーザは自分の椅子に座っていた。

「……と、いうわけで、転校生のシアナちゃんに、ラインオーナさんを紹介しようとしたのですけれど……びっくりさせてしまったようでして……」

シュンとして、肩を落とす。

落ち込んでいるリルナーザに、フリオはいつもの飄々とした笑顔を向けた。

「まぁ、でも、怪我をしたわけじゃないし、そんなに気にしなくてもいいんじゃないかな？家に送って行った時に、ラインオーナを見た記憶は消しておいたしね」

シアナとテルミーが気絶した時、ちょうどフリオがラインオーナに餌をやりに来たこともあり、二人を家まで送っていった。

今は、帰宅後に改めて事情を聞いている最中であった。

「じゃあ、ラインオーナさんはお友達に紹介しない方がいいのですか？」

「そうだね、サベア達なら、ホウタウの街のみんなにも認知されているから問題ないと思うけど、ラインオーナはちょっと特殊な存在だしね」

フリオはリルナーザに笑顔で語りかける。

その言葉に納得したリルナーザは、

「うん、わかった。ありがとうパパ！」

笑顔で立ち上がり、フリオに向かって頭を下げる。

……すると、

「あのぉ……もう、お話は終わりましたのですわん？」

空気を読んで、階段の端に身を隠していたスワンが、おずおずといった様子で声をかける。


この日、スワンはホウタウ魔法学校の視察を終えた後、リルナーザと一緒に帰宅しようとしていた。

しかし、様々な手続きや話し合いをする必要があり、それらをすべて終わらせ、先ほどようやく帰宅出来たばかりなのであった。


「あ、はい！　お話終わりました」

リルナーザが椅子から立ち上がり、笑みを浮かべながらスワンの方へ駆け寄っていく。

「あ、スワンさん。夕飯食べますか？　すぐに準備できますよ」

そんなスワンに、リースが声をかける。

「あ、そ、そうですね……」

それに返事をしようとスワンが口を開くが、その腕をリルナーザがつかんだ。

「スワンちゃん、お風呂に入りませんか？　今日、学校でずぶ濡れになってしまったので、早くお風呂に入りたいんです！」

「は……ははは、はいですわん！　私、リルナーザちゃんとお風呂に入りますわん！」

スワンは顔を真っ赤にしたまま、リルナーザに引っ張られていく。

その光景を、フリオとリースは笑顔で見送る。

「じゃあ、お風呂上がりに改めて準備しましょうか……」

そこで、リースが首を傾げる。

「……あの、旦那様、つかぬことをお伺いするのですが？」

「なんだいリース？」

「あの……さっきのリルナーザの話の中で、気になったのですが……転校してきた新しいお友達って、ラインオーナを見て、『大きな魔獣』『それを従えている女性』『伝説の女神』などの言葉を口にしていたそうですよね？」

「うん、そうだったと思うよ」

「……それで、その転校生って……インドル国から引っ越ししてきた、って、言ってましたわよね？」

「うん……そうだね」

そこまで確認したところで、リースの顔から笑顔が消えていく。

（……以前、ワインと一緒にインドル国へ買い付けに行った際に、悪人を征伐したのがきっかけで、なぜか伝説の女神とか言われたりした事があったのですが……まさか、あの話が今も残っているというのでしょうか……いえ、でも、あの時以降は意図的にインドル国へは出向かないようにしておりましたし……）

「リース？」

「へぁ!?」

思案中に声をかけられ、リースは思わず飛び上がった。

「どど、どうかなさいましたか、旦那様？」

「いや、急に黙り込んじゃったから、何か気になることでもあったのかなって思って？」

「あ、いえいえ、ご心配くださってありがとうございます。私の考えすぎですわ、きっと」

フリオの言葉に、ごまかすように笑顔で頷く。

（……えぇ気のせいですわ、きっと）

自分で自分を納得させるように、何度も頷いた。

「あ、そういえば……新しく分譲をはじめた新ホウタウ商店街なんだけどさ、国外からの転居が結構多いんだよ、それも、インドル国から引っ越ししてくる人がすごく多くてさ……対応してくれているバリロッサも『なんでだろう？』って、不思議がっていたんだけどさ……」

フリオが腕を組み、考え込んでいく。

「え、えっと……な、なんでなんでしょうね……リ、リースわっかんない……」

リースは作り笑いを浮かべ、どうにかこの場をごまかそうとしたものの、焦りすぎた結果、自分でも何を言ったのか理解できていなかった。

「あ、あの……リース……？」

「ち、違うんです旦那様……い、今のは忘れて！　お願いですから忘れてくださいまし！」

顔を真っ赤にし、椅子の下に体を隠して上ずった声をあげる。

そんなリースを、フリオは困惑して見つめる。

そんな二人のやり取りを、小屋の中のサベア達がきょとんとしながら見つめていたのだった。

第三章　金髪勇者かく戦えり～砂漠の攻防～……8

◇クライロード魔法国・北方◇

森の中に街道が延びていた。

人気《ひとけ》のない森の奥深くにもかかわらず、石畳が敷かれ、しっかりと舗装処理されている。

そんな街道の北側、少し離れた場所に獣道と見違えてしまいそうな道が延びる。

この道は、かつて主要街道であったものの、今は舗装されておらず、整備も行き届いていない。

舗装された新街道が整備されてからは、ほとんど使用されていないらしく、雑草が生い茂っており、轍《わだち》の跡だけがそこが旧道であることを周囲に伝えていた。

そんな旧道沿いの一角に、少し開けた場所があった。

うっそうと茂る木々が途切れており、崖に面している。

その崖には、洞窟の入口らしき穴があいていた。


早朝。

日が昇ってまだあまり時間が経《た》っていないため、洞窟の入口の周囲には朝靄《あさもや》が立ち込めている。

そんな中、洞窟の中から一人の男が姿をあらわした。

赤を基調とした騎士風の衣装を身に着けているその男は、髪の毛を手櫛《てぐし》で整えながら周囲を見回していく。

「……ふむ……」

その男――金髪勇者は顎に右手をあて、少し首を傾《かし》げる。

「おかしいな……これだけ落とし穴を仕掛けているというのに、一匹も罠《わな》にかかっていないとは……」

金髪勇者が、足元を軽く踏みしめると、

ボコッ。


地面の一角が落ち込み、丸い穴が開いた。

『金髪勇者様』

そんな金髪勇者の脳内に、女の声で思念波が伝わってきた。

「リリアンジュか？　周囲の様子はどうだ？」

『は、金髪勇者様が宿泊なさっている洞窟を中心にかなりの広範囲を索敵したのでござるが……小型の魔獣の存在は確認できたのでござるが、大型の魔獣の姿はまったく確認できずでござって……』

「ふむ……おかしいな……このあたりの森には大型の魔獣がかなりの数生息していたのだが……」

腕組みをした金髪勇者は、考えを巡らせていく。

（……うむ……あの、空が壊れたような現象が発生してからだろうか……明らかに、魔獣達《たち》の生活圏に異変が起きている……このあたり、クライロード魔法国の北方には、魔素の濃度が高い魔族領が近いこともあり、大型の魔獣がかなり生息していたはずなのだが……）

「……とにもかくにも、魔獣達を捕縛し街で売りさばかないことには、食事代が不足してツーヤがまた、財布を抱きかかえて『お金がありませぇん』と泣き出しかねんからな……」

泣きわめいているツーヤの姿を脳内で思い浮かべながら、眉間にシワを寄せる。

「……そうだな……ここで魔獣を捕縛して、この先の街で売りさばく予定だったが……予定を変更して、西の峠の方へ向かうとするか」

『西の峠というと、西方の魔族達の領域が近いでござるが……』

「西方の魔族か……ドクソンの話だと、表面上は魔王にしたがっているらしいが、魔王城から距離が離れていることもあり、不穏な動きをしているとか……」

腕組みをしたまま、さらに思案を巡らせていく。

しばし無言のまま考え込んでいた金髪勇者は、一度大きく息を吐き出した。

「仕方あるまい……西方の魔族の領域を侵さぬよう配慮しながら、その周囲で狩りをすることにしよう」

『わかったでござる。では、拙者、先行して索敵を行ってくるでござる』

リリアンジュの思念波はそこで途切れ、何者かの存在が金髪勇者がいる場所から離れる気配がした。

すると、

「ふあぁ〜あ……」

洞窟の中から、荷馬車魔人のアルンキーツが姿をあらわした。

いつものミニスカートの軍服風の衣装を身に着けているアルンキーツだが、その服のボタンはすべて外れており、下着があらわになっていた。

しかし、まだ寝ぼけているアルンキーツは、自分がそんなあられもない姿であることになど気付く様子もなく、あくびをしながら大きく伸びをした。

「あ、金髪勇者様、おはようでありますぅ」

「お、『おはようであります』じゃない！　お、お前、一応嫁入り前の女の子であろう！　そ、そのようなはしたない姿をだな……」

アルンキーツのあまりにも破廉恥な姿を前にして、金髪勇者は思わずそっぽを向き、上ずった声をあげる。

「え？　あぁ、この恰好《かっこう》でありますか？」

金髪勇者の言葉に、アルンキーツは改めて自らの姿を見る。

しばしキョロキョロとしていたアルンキーツは、視線を金髪勇者へ向けると、

「いやぁ、昨夜の酒もうまかったでありますし、自分も、ついつい飲みすぎたでありますゆえ、これくらいは大目に見ていただきた……」

ゆっくりと歩を進めていたのだが、その言葉がいきなり途切れた。

「……うむ？」

異変に気が付いた金髪勇者が、横目でちらっとアルンキーツがいた方へ視線を向ける。

……しかし、

その視線の先にいるはずのアルンキーツの姿はなかった。

「……うむ？」

金髪勇者は困惑しながらも、先ほどまでアルンキーツがいたあたりを見回す。

すると、地面に先ほどまではなかった大きな穴が開いていた。

「……アルンキーツ……まさか、私が仕掛けていた落とし穴に落ちたんじゃあ……」

慌てた様子で駆け出す。

穴の中を覗きこむと、底の部分で大の字になって気絶しているアルンキーツの姿があった。

「……まったく、どうしてお前は、こう……余計な手間をかけさせるのだ……」

顔を右手で覆い、天を仰ぐ。

「……仕方ない、横穴を掘って回収するか」

金髪勇者はぼやきながらも、腰に着けている魔法袋の中からドリルブルドーザースコップを取り出した。

そんな金髪勇者の気持ちなどお構いなしとばかりに、落とし穴の底部で気絶しているアルンキーツは、ピクリとも動かなかった。

◇◇◇

数刻後……。

金髪勇者一行は、街道を歩いていた。

「……いつもであれば、馬車に変化したアルンキーツに乗って移動出来るというのに……」

金髪勇者が忌々しそうに舌打ちする。

アルンキーツはというと、金髪勇者に背負われていた。

「いやぁ、申し訳ないでありますな……落とし穴に落ちて足をひねった影響で、一時的に変化できなくなってしまうとは……いや、このアルンキーツ、本当に面目次第もないであります」

右手で後頭部をかきながら何度も頭を下げる。

「まぁ、いつもお世話になっているしぃ、たまには歩くのもいいのですけどぉ……」

口ではそう言っているツーヤだが、朝から歩き続けているため、ぜぇぜぇと荒い息を吐いており、今にも倒れそうな状態であるのは誰の目にも明らかだった。

「そうねぇ……アタシもぉ、歩いているとぉ、魔力の消耗が激しいのよねぇ……」

いつもの魔力はセーブモードで、体を二頭身に変化させているヴァランタインは、魔法袋から次々に食べ物を取り出しては口に運び続けていた。


邪界出身のヴァランタインは、その体を維持するために大量の魔素を必要とする。

魔石を取り込んだり、強い魔力を持っている種族から直接魔力を吸収すれば手っ取り早いのだが、魔石は高価なためそんなに多くは準備出来ず、ヴァランタインの魔力を十分に満たせるだけの魔力の持ち主など、魔王クラスの種族しかありえない。

そのため、食べ物などに含まれている魔素を取り込むことで代用しているのだが、食べ物に含まれている魔素は微量な上に、体内に吸収される際に効率が悪いため、結果的に、常に何か食べていないといけない状態になってしまうのであった。


「金髪勇者様ぁ……残念なお知らせなのですがぁ」

「な、なんだヴァランタインよ、何があったのだ？」

「それがぁ……魔法袋の食べ物がなくなりましたぁ」

「「「はぁ!?」」」

ヴァランタインの言葉に、金髪勇者だけでなく、ツーヤとガッポリウーハーも思わず声を上げた。

「ちょ、ちょっとヴァランタイン様ぁ、その魔法袋に入っていた食料ってぇ、私たち全員の、一週間分の食料だったんですよぉ」

「ツーヤァ、そんな事を言ってもねぇ……なくなったものは、とりかえしがつかないのよぉ?」

ツーヤの言葉に、ヴァランタインが無駄に色っぽい声で返事をする。

「いや、ツーヤ様相手に色仕掛けは意味ないんじゃね?」

思わず突っ込みをいれるガッポリウーハー。

金髪勇者はそんな一同の様子を見つめながら、大きなため息を漏らした。

「あぁ、金髪勇者殿、だめでありますよ。ため息をついたら、幸せが逃げていくであります!」

「……この状態で、何が『幸せが逃げていく』だ! ったく……最近ろくな事がないではないか
……この北方地帯で毎日のように狩ることが出来ていたマウントボアをはじめとした大型の魔獣が、なぜかまったくいなくなってしまうし……そのせいで、路銀を稼ぐ事もできなくなってしまうし、アルンキーツは荷馬車に変化できなくなるし。ヴァランタインは食事を食べつくしてしまうし
……」

ぶつぶつ言いながら、指折り数えていく。

その視線が、思いっきり真剣だった。

「そんな金髪勇者様に、このアルンキーツが幸せをお届けするでありますよ！」

アルンキーツがそんな金髪勇者に笑顔で声をかける。

「幸せをお届け？　アルンキーツ、お前がか？」

不安そうな声の金髪勇者。

「はいであります。お任せくださいであります」

それを払拭するかのように、アルンキーツがドンと胸を叩《たた》いた。

「……わかった……じゃあお届けしてくれ」

「わかりました。ではいくであります……はい！」


むにゅ。


かけ声と同時に、アルンキーツが金髪勇者の背中に自らの胸を押し当てる。

小柄ながらも、金髪勇者一行の中ではツーヤ並みの胸囲を誇るアルンキーツは、自信満々な表情で金髪勇者に抱きついた。

「……アルンキーツよ」

「はい！　なんでありますか？」

「……まさかとは思うが、これが幸せのお届けじゃないよな？」

「……あ、あれ？」

金髪勇者の言葉に、困惑した表情を浮かべる。

「いや、あの、金髪勇者様……自分のこの胸の感触を思う存分満喫出来るのでありますよ？　これが、幸せでなくて何だと言うのでありますか？」

「……冷静になって考えてみろ……お前を背負ったその時から、お前の胸は私の背中にず〜っと押し当てられていたんだぞ？」

「え、えぇ!?」

金髪勇者の言葉に、素の表情で困惑する。

「いや、アルンキーツ……それくらいわかるでしょ……いや、わからなかったのかぁ……」

ガッポリウーハーがそんなアルンキーツを憐《あわ》れんだ瞳で見つめる。

「そうねぇ……わからなかったのねぇ……」

続いて、ヴァランタインも憐れんだ視線でアルンキーツを見つめた。

その視線を前に、アルンキーツは、

「や、やめてほしいであります!?　そ、そのように気色の悪い視線を浴びせられ続けると、心が……こ、心が死んでしまうであります」

頭を抱えた。

そんな中、ツーヤは二人と違い、アルンキーツの元につかつかと歩み寄る。

「ねぇ、アルンキーツ？」

後ろからアルンキーツの肩をガシッと摑《つか》む。

「え……いや……あの……ツ、ツーヤ様？」

その手の圧に、困惑しながら恐々と振り返る。

その視線の先、アルンキーツの肩をがっしりと摑んだツーヤは、その顔に満面の笑みを浮かべていた……のだが、その目はまったく笑っておらず、

「金髪勇者様の背中に、何を押し付けているんでしたっけぇ？　ねぇ、もう一回しっかりと教えてくれますかぁ？」

凍るように冷たい視線で、アルンキーツを見つめていた。

その言葉は優しいように思えて、その端々に込められた刺々《とげとげ》しさがまったく隠されていない。

そんなツーヤの様子に、アルンキーツは金髪勇者におんぶされたまま、じたばたと手足を動かし、

「あああ……ししし、しまったであります……じじじ、自分は致命的なミスをしてしまったようであります ぅ」

なんとかしてツーヤの手から逃れようとする。

しかし、アルンキーツがどれだけもがいても、ツーヤの手はびくともしない。

その光景を、ヴァランタインとガッポリウーハーは少し離れた場所から眺める。

顔を寄せ合い、

「……ほんと馬鹿だよねぇ……ツーヤ様の目の前であんな事をするなんて……」

「まったくよねぇ……ツーヤがヤンデレモードに入ったらぁ、セーブモードのアタシじゃ、手も足もでないのにねぇ」

ひそひそと言葉を交わしながら、時折、アルンキーツの方をチラチラ横目で見ている。

「そそそ、そんなところでひそひそ話をしていないで、どうにか助けてほしいでありますぅ」

そんな二人に向かってアルンキーツが腕を伸ばす。

一同がそんな攻防を行っている、その時だった。

『金髪勇者様、ちょっとよろしいでござるか?』

金髪勇者の脳内に、リリアンジュの思念波が届いた。

「う、うむ、大丈夫……だが、少し待て……おい、ちょっとお前たち、少し静かにしろ！」

こめかみに右手の人差し指をあててリリアンジュの思念波に集中しつつ、後方で言い合いをしている一同に対して声を張り上げる。

金髪勇者の言葉に、一同がピタッと動きを止める。

後方が静かになった事を確認すると、

「あぁ、リリアンジュよ、待たせてすまない。それで、何かあったのか？」

『はい、周囲の索敵を行っていたのでござるが……西方にちょっと変なものが……』

「変なもの……？」

リリアンジュの言葉に、金髪勇者は眉間にシワを寄せた。

◇◇◇

金髪勇者一行はリリアンジュの指示に従い、街道を西方に向かって移動していく。

金髪勇者は相変わらずアルンキーツを背負ったままだった。

その後方を、ツーヤが地図を確認しながら歩く。

「おいツーヤよ、リリアンジュが伝えてきた、変なものがある場所にはまだ到着しないのか？」

「そうですねぇ……地図によりますと……この先を右に曲がって……」

街道と地図を交互に確認しながら前方を指さす。

「この先を右……って、あちらには崖に挟まれた細い街道があるはずだが、その街道は西方の魔族領に通じているだけで、別に変なものなど……」

金髪勇者は以前の記憶を思い出しつつ首を傾げながら、それでもツーヤの指示通り街道を右に曲がる。

その先で、足がピタリと止まった。

そんな金髪勇者の視線の先……。

その先には、金髪勇者の記憶通り、左右を崖にはさまれた細い街道が延びているのだが、少し進んだ場所に石造りの建造物が、街道を塞ぐように鎮座していた。

「……うむ……確かにこれは、変なものだな……」

建造物をまじまじと見上げる。

金髪勇者の横ではツーヤも目を丸くしていた。

「この建造物ってぇ……何か、魔獣を模しているように見えなくもないですねぇ……なんでしたっけぇ……あのぉ、インドル国で伝説の魔獣って言われていた、あの……」

ツーヤが頬に人差し指をあて、記憶を呼び覚まそうとする。

そんなツーヤの言葉に思い当たることがあったのか、ガッポリウーハーが頷《うなず》いた。

「あ〜、言われてみれば確かに！　インドル国で伝説の聖獣って言われているライオーン……だったっけ……なんか、そんな名前の魔獣に似ているっすね」

◇◇◇

同時刻……。

立ち往生している金髪勇者達の様子を、建造物の中から見つめている人影があった。

ライオンを模した形状をしている建造物の右目部分に管理室があり、その人影はそこにあった。

「……また、カモが来たみたいコンコンですね」

眼前に設置された魔石投影機には、建造物の前で立ち往生する金髪勇者一行の映像が映し出されていた。

それを眺めるのは、小柄で成人前と思われる少女。

魔狐族特有の具現化した耳と尻尾は銅色で、身に着けているパンツルックのチャイナ風の衣装も同じ色で統一されている。

「この街道は、西の魔族の支配地域と、人種族の支配地域を結んでいる唯一の街道コンコン。その街道に、こうやって関所を設けて通行料をせしめるなんて、さっすが金角狐《きんつの》姉さまと銀角狐《ぎんつの》姉さまコンコン。そのあくどさに、この銅角狐《どうつの》、感服いたしますコンコン！」

満面の笑みで嬉《うれ》しそうに両手を上げる少女――銅角狐《どうつの》。

――銅角狐《どうつの》。

魔狐族の少女であり、金角狐《きんつの》と銀角狐《ぎんつの》姉妹の妹分的存在。

魔狐姉妹と血縁はないが、妹分として魔狐集落の復興に尽力している最中。

「おっと、こうしてはいられないコンコンね。えっと……」

銅角狐《どうつの》は小さく咳払《せきばら》いをすると、手元のボタンを操作していく。

◇◇◇

「以前はこんなもの、なかったはずだが……」

「はいぃ……地図にも載ってないですねぇ」

ツーヤが手にしている地図と、眼前で道を塞ぐ巨大な建造物を交互に確認する金髪勇者一行。

そこに、

『……あー……あー……関所前の皆さん、聞こえるコンコン？　聞こえるコンコン？』

建物から、少女の声が響いてきた。

「うん？」

「なんですかぁ？」

その声に、一行が顔を上げる。

『あ～、どうやら聞こえているコンコンね。え～、ここは関所コンコン、ここを通りたかったら通行料を支払ってもらうコンコン』

「「「通行料？」」」

建物から聞こえてくる声を聞いた金髪勇者一行は一斉に問い返す。

『はいですコンコン。通行料ですコンコン……あ、無理やりここを通過しようなんて思わない方がいいコンコンですよ。この関所はですね、建物自体が人造魔獣になっているコンコン』

建物からの声に呼応するかのように、石造りの関所がゆっくりと立ち上がる。

ライオンに似た形状をしている四つ足の建物――人造魔獣は閉じられていた口を開き、金髪勇者一行へ向けた。

『おとなしく通行料を支払うコンコン？　それとも、この人造魔獣とやりあうコンコン？　私的にはどっちでもいいコンコンですけど、後者の場合、命はないと思ってほしいコンコン』

どこか楽し気な言葉が人造魔獣から聞こえてくる。

◇◇◇

人造魔獣の管理室の中。

銅角狐《どうつの》はマイクに向かって言葉を続けている。

（……この人造魔獣は、金角狐《きんつの》姉さまと銀角狐《ぎんつの》姉さまが集めてくださった魔石の力で動いているコンコン……まだまだ魔石不足で、飛行や移動は出来ないコンコンけど、こうやって威嚇する事くらいは出来るコンコン。ま、こうして威嚇すれば、みんな恐れおののいて通行料を支払ってくれるコンコン）

考えを巡らせながらその場で頷く。

銅角狐《どうつの》は改めてマイクに向き直り、

『それじゃあ、通行料を……』

再び言葉を発した。

◇◇◇

『……人造魔獣の前に置いてほしいコンコン』

人造魔獣から聞こえてくる声を、金髪勇者はアルンキーツをおんぶした状態で聞いていた。

「……通行料を支払えと言われてもだな……私たちは別に西方の魔族領へ行きたいわけではないわけだし……」

「そうですよねぇ……変なものを確認に来ただけですしぃ」

金髪勇者の言葉にツーヤが頷く。

「……んじゃ、そういう事で、ちゃちゃちゃっと引き返しますか、金髪勇者様」

後頭部で手を組んでいるガッポリウーハーが、歩いて来た方へ向き直る。

「そうだな、そうするか」

ガッポリウーハーに倣い、金髪勇者も向き直る。

その時、

「あ、あの、少し待ってほしいであります」

金髪勇者におんぶされているアルンキーツが手をあげた。

◇◇◇

人造魔獣の管理室の中。

銅角狐《どうつの》は、

「びっくりしたコンコン……いきなり『引き返す』とか言い出した時はどうしようと思ったコンコンけど、どうやら思い直したみたいコンコンね」

安堵《あんど》の吐息を漏らしながら、椅子に座りなおす。

その言葉通り、管理室で映し出されている映像の中では、先ほどまで引き返そうとしていた金髪勇者一行が、改めて人造魔獣に近づく姿が映っていた。

◇◇◇

「おいおい、この人造魔獣とやらに近づけ……って、アルンキーツよ、お前、一体何がしたいのだ?」

アルンキーツをおんぶしたまま、金髪勇者は人造魔獣に近づく。

へっぴり腰で足元をつま先で確認しながら、一歩ずつゆっくりと人造魔獣へ近づいていく。

「ちょっと気になった次第でありましてですね……」

アルンキーツは金髪勇者におんぶされたまま、右手を伸ばした。

金髪勇者が歩を進める度に、その手と人造魔獣の距離が近づいていく。


一歩……さらに一歩……。


やがて、アルンキーツの手が人造魔獣の足部分に触れた。

その瞬間、アルンキーツの眼前にウインドウが表示された。


『魔狐族製人造魔獣　ラーニング成功』


「思ったとおりであります。この人造魔獣、乗り物扱いでありますな」

「乗り物……?」

「その通りであります。今、自分、この人造魔獣をラーニングしたであります。ゆえに、今後この人造魔獣に変化する事が可能になったであります」

アルンキーツはウインドウを操作し、ラーニングしたばかりの人造魔獣の内部構造を確認していく。

「あぁ、そういえばアルンキーツってば、荷馬車魔人だもんな。乗り物ならなんでも手を触れるだけで、その構造をラーニングして、同じ形状に変化できるようになるんだっけ？」

ガッポリウーハーが納得したようにポンと手を叩く。

「な、なんと……お前、荷馬車に変化する以外にも、そんな便利機能をもっていたのか？」

ガッポリウーハーの言葉に、金髪勇者が目を丸くする。

「まぁ、確かに便利機能でありますな……しかし、この能力が原因で、自分の同族は……」

そこまで言って、アルンキーツは言葉を詰まらせた。


アルンキーツは荷馬車魔人である。

荷馬車魔人は、魔人の中でも希少種と言われており、現在はほとんど存在していない。

それは、一度手を触れるだけで、乗り物の形状をラーニングし、自らの体を使用してコピー出来るという便利な能力ゆえであり、その能力を悪用しようとする人々にほとんどの荷馬車魔人がさらわれてしまい……

アルンキーツもまた、今までの人生の中で何度もさらわれそうになる事があった。

その時の記憶が蘇《よみがえ》り、体が硬直する。

さらには、やがて体が小刻みに震えはじめる。

すると、

「どうした、アルンキーツよ?」

そんなアルンキーツに、金髪勇者が声をかけた。

「あ……いえ……その……」

アルンキーツは震えがおさまらず、言葉を詰まらせる。

そんなアルンキーツへ、金髪勇者は肩越しに視線を向ける。

「何かあるのなら、私に相談すればよい。私は勇者だからな。仲間であるお前の事を何があっても守ってやるから、何も心配することはないぞ」

そういうと、豪快に笑い声をあげていく。

その笑い声が、アルンキーツの心の中に響いていった。


(……守る……自分を守ってくださるでありますか……)


過去に、アルンキーツに対して同様の言葉を口にした者はほかにもいた。

しかし、その者達は、アルンキーツの能力を利用して売り飛ばすことしか考えておらず、その度に何度も裏切られていた。

嫌な記憶がアルンキーツの脳内に蘇る。

しかし、

「はっはっはっは」

金髪勇者は豪快に笑う。

その声が、アルンキーツの脳内から嫌な記憶を消し去っていく。

「……そうであります……金髪勇者様は、今まで一度も自分を裏切らなかったであります……」

アルンキーツは小さくつぶやく。

「……自分は……自分は、これからも金髪勇者様の仲間として、いていいのでありますか？」

「何を言う？　当たり前ではないか」

アルンキーツの言葉に、笑顔できっぱり言い放つ。

金髪勇者の言葉に、アルンキーツは満面の笑みを浮かべた。


二人がそんなやりとりをしている中……。

アルンキーツが途中まで操作していたウインドウを横から覗《のぞ》き込んでいたヴァランタインが、

「……ねぇ、この図面って、この人造魔人の内部構造なのよねぇ？」

そう口にした。

自我を取り戻したアルンキーツもまたウインドウへ視線を戻す。

「あ、はい。そうでありますが……」

セーブモードのため、二頭身になっているヴァランタインは、ガッポリウーハーに肩車してもらった状態で、ウインドウを見つめている。

「……でさぁ、ちょっと気になっているんだけどぉ……ここに表示されているのって……ひょっとして……」

ヴァランタインがウインドウに表示されている人造魔獣の内部構造の一部を指さす。

「……あぁ、そうでありますな！」

その意味を察したアルンキーツが頷いた。

◇◇◇

人造魔獣の管理室の中。

「……あの人たちってば、何をしているコンコンなの？」

画面に表示されている金髪勇者一行の様子を、銅角狐《どうつの》は不思議そうに見つめていた。

「さっきから、お金を支払う素振りもないコンコンだし、かといって引き返す様子もないコンコンだし……」

金髪勇者達の意図を測りかねているのか、腕組みをしたまま首を傾げる。

そんな中、画面の中の金髪勇者一行がようやく動きはじめた。

「って……何をするつもりコンコンなの？　みんな後方に下がって、あの小柄な女の子だけが人造魔獣に向かってくるみたいコンコンだけど……」

その言葉通り、画面には、セーブモードのヴァランタインが一人で人造魔獣に歩みよってくる姿が映しだされている。

「どういうつもりコンコンなの？　あんな小柄な女の子が一人で出来ることなんて何もないと思うコンコンけど……」

いまだに、金髪勇者一行の意図が推測出来ないままの銅角狐《どうつの》。

その視線の先、画面の中では、ヴァランタインがゆっくりと近づいてきていた。

◇◇◇

「図面だと……そうねぇ、この上あたりかしらぁ？」

四つ足で起立している人造魔獣の足元を進んでいたヴァランタインは、とある場所で足を止める。

人造魔獣の腹部を見上げ、目を凝らす。

「……間違いないわねぇ……あそこから、魔石の気配が漏れてるわぁ」

ヴァランタインが待ちきれない様子で舌なめずりする。

「うふふ、美味《おい》しそう」

両手を真上に伸ばし、目標を見定めていく。

その腕の先、手の平から無数の邪の糸が出現し、人造魔獣の腹部に向かって伸びていく。

複数の糸が絡まりあい、人造魔獣の腹部を突き破った。

◇◇◇

人造魔獣の管理室の中。

すさまじい衝撃が管理室を襲っていた。

「ちょちょちょ!?　いったい何がどうなっているコンコンなの!?」

何が起きたのか理解出来ていない銅角狐《どうつの》は、椅子から転がり落ちてしまい、そのまま壁に向かって倒れこんだ。

絶え間なく襲ってくる衝撃のせいで、立ち上がることすらままならないでいた。

「コンコン～!?」

◇◇◇

ヴァランタインの邪の糸に何度も何度も貫かれたため、人造魔獣の腹部は完全に破壊されていた。

「ん～……あそこねぇ」

再び狙いを定め、邪の糸を突き出していく。

その一撃を受け、人造魔獣の内部から大きな塊が落下した。

ズズ～ン……。

轟音《ごうおん》とともに落下した物体。

紫色に輝くそれを、ヴァランタインは満面の笑みで見つめる。

その物体……人造魔獣を動かす動力である魔石の塊であった。

「あはっ！　こんなにおっきいの……ひさしぶりだわぁ」

両手で頬を押さえながら、歓喜の声をあげる。

頬を赤く上気させ、魔石の周囲をぴょんぴょんと飛び跳ねる。

しばらくの間、魔石を指で撫《な》でながら、うっとりと見つめていたヴァランタインは、

「……うふふ……じゃあ、いただきまぁす」

そういうと、大きく口を開き……

◇◇◇

人造魔獣の管理室の中。

振動がおさまったことで、どうにか立ち上がることが出来た銅角狐《どうつの》は、映し出されている画面の中の光景を見つめながら完全に固まっていた。

「……うそコンコンでしょ……」

その視線の先、画面の中には、巨大な魔石を文字通りむさぼり食べているヴァランタインの姿が映し出されていた。

その光景を、しばらくの間、ただただ呆然《ぼうぜん》と見つめることしか出来ずにいた銅角狐《どうつの》だが、

「……こ、これはまずいコンコンです……ここにいたら、私もあの化け物に食べられてしまいかねないコンコンです……」

その考えに思い至ると同時に、その姿を獣化させ、魔狐姿に変化すると、すさまじい速度で管理

室を脱出し、緊急出口を潜《くぐ》り抜けると、森の中へ向かって一目散に逃げ去った。

その間、一度たりとも人造魔獣を振り返ろうともせず、ひたすら森の中を疾走し、やがて、その姿は見えなくなった。

◇◇◇

しばらく後……


「あはは！　大量ですねぇ！」

歓喜の表情を浮かべているツーヤ。

その視線の先には、人造魔獣の中から運び出した金品が並べられていた。

「あの声の主が、通行料がどうのこうのと言っておったから、ため込んでいるのではないかと思ったが、まさかこれほどとはな」

金髪勇者は人造魔獣の中から、新たに麻袋を担ぎ出し、楽しそうに笑う。

麻袋の中には、人造魔獣の中に保管されていた金品がぎっしりと詰まっていた。

「いきなり魔獣がいなくなった時はどうなるかと思ったが、これでどうにかなりそうだな」

「はいぃ！　これでしばらくの間は、お金の事で悩まなくて済みそうですぅ」

ツーヤは数え終わった金品を自分の魔法袋に次々と詰め込んでいく。

その顔には、満面の笑みが浮かんでいた。

後方では、ヴァランタインが満足そうな表情を浮かべながら地面に大の字になって寝転んでいた。

「私もぉ……これだけの魔石を取り込めたからぁ、しばらくの間魔力不足に悩まなくて済みそうよぉ」

その姿は、二頭身のセーブモードではなく、通常の頭身に変化していた。

その姿を、ガッポリウーハーが横から眺めている。

「そういやぁ、ヴァランタイン様ってば、本来このお姿でしたねぇ。セーブモードを見慣れていたせいですっかり忘れていましたよ」

「うふふ、それは私もよぉ」

ガッポリウーハーの言葉に、妖艶な笑みを浮かべるヴァランタイン。

釣られて、ガッポリウーハーも楽しそうに笑い声をあげた。

その間も、金髪勇者は人造魔獣の中から金品を運び出す。

「……ふむ……どうやら、これで最後のようだな」

麻袋をツーヤの前に降ろし、パンパンと手を払う。

そんな金髪勇者の後方に、一台の荷馬車が出現した。

『金髪勇者様、いつでも出発できるでありますよ！』

荷馬車から、アルンキーツの声が聞こえてくる。

「アルンキーツよ、もう大丈夫なのか？　まだ無理はしなくてよいのだぞ？」

『いえいえ、金髪勇者殿のおかげで、自分、もうすっかり元気であります！』

さらに元気な声が返ってくる。

その言葉に、金髪勇者は笑みを浮かべた。

「なら、ここからはアルンキーツに乗って移動するとしよう。皆、乗り込むぞ」

「「「はい！」」」

金髪勇者の言葉を受けて、皆が返事をした。

程なくして、金髪勇者一行を乗せたアルンキーツの荷馬車は、来た街道を引き返し、いずこかへ向かって進んでいった。

◇◇◇

その日の夜……

今朝方まで街道を塞いでいた人造魔獣は、完全に崩れさり、その残骸は、街道を通過する邪魔にならないように、街道の横に寄せられていた。

その光景を、金角狐《きんつの》と銀角狐《ぎんつの》は呆然とした様子で眺めていた。

「……こ、これはいったい……何が起きたコン……」

「わ、わかんないココン……っていうか、銅角狐《どうつの》はどこにいったココン？」

二人は慌てて周囲を見回す。

しかし、銅角狐《どうつの》の気配はどこからも感じられない。

「金角狐《きんつの》お姉さま……これ……」

残骸の様子を確認していた銀角狐《ぎんつの》が、人造魔獣の残骸の一角を指さした。

慌てて駆け寄った金角狐《きんつの》も、その一角へ視線を向ける。

「……ここ……人造魔獣の動力源の魔石が入っていた……」

「……そうココン……でも、跡形も残ってないココン……」

「嘘《うそ》コン……あの巨大な魔石をどうやって持ち去ったコン……純度の高い魔石コン、分割なんて出来るはずないコン……」

「……あの魔石を運び去ったのなら、魔石の痕跡が残っていないとおかしいココン……」

銀角狐《ぎんつの》が両手をかざし、周囲の索敵を行う。

しかし、何の痕跡も見当たらないのか、闇雲に周囲を走りまわる事しか出来ずにいた。

その横で、金角狐《きんつの》は人造魔獣の残骸をさらに確認する。

「……徴収した通行料も、根こそぎなくなっているコン……嘘でしょコン……」

「……魔狐族復興がココン……」

困惑し、頭を抱える魔狐姉妹。

その周囲には、人造魔獣の残骸だけが転がっていた。

◇クライロード魔法国・西方の街道◇

森の中の街道を、一台の荷馬車が進んでいた。

小柄な魔馬に引かれている荷馬車の操馬台には一人の男が座っており、手慣れた様子で手綱を操り、あまり綺麗《きれい》に整備されていない街道を進んでいる。

その男はマントを身にまとい、フードで顔を隠している。

頭のすぐ横、荷馬車の壁に取り付けられている小窓が少し開いている。

荷馬車の中、その小窓に顔を寄せているのは第二王女だった。

「……これから出向くブリッツ国なんだけど、昔から魔法の研究が盛んな国で、クライロード魔法国と合同の研究施設もあったくらいの友好国でね、ゆくゆくはクライロード魔法国と合併する可能性もあったのよ」

小窓越しに、操馬台の男にしか聞こえないレベルまで声をひそめて、話を続けている第二王女。

「ただねぇ……あの男、私や姉さんの親でもあるあの男が、この国にある、研究施設に目をつけて……いろいろとやらかしちゃったのよ」

「やらかした、ですか？」

第二王女の言葉に、操馬台の男が小声で返事をする。

その言葉に、第二王女が小さくため息を漏らした。

「そう……あの男が、国の物資を横流ししていたのは、もう知っていると思うんだけど、その一部が、研究施設を通して裏金となって、いろいろとやばい使い方をされていたみたいなのよ。それが、ブリッツ国に露見して……本来なら、即座に国交断絶になってもおかしくない事案なんだけど、当時は魔王軍と交戦状態だったじゃない？　ブリッツ国は小国だし、魔王領とも一部隣接しているものだから、クライロード魔法国と完全に断交してしまうと、万が一魔王軍に攻め込まれた際に対処出来なくなってしまう危険性があるっていうのと、そのことが露見したタイミングで、姉さんが王座についたというのもあって、今は緩やかな国交を結んでいるって……まぁ、そんなところかな」

一通り説明を終えた第二王女は、荷馬車の中で立ち上がると、窓を開け、器用に身をよじって操馬台へと移動すると、そのまま男の隣に座った。

その姿を、男は横目で一瞥《いちべつ》する。

「……で、その研究施設に、あの男の関係者が出入りしているという噂《うわさ》があるとのことで……その真偽を確かめに行くというのが、今回の任務というわけですね」

「まぁ、そういうことなんだけどさ……なんで今回、同行するのが貴方《あなた》なわけ？　ガリル君？」

第二王女は苦笑しながら、手綱を握っている男――ガリルに視線を向ける。

その視線にガリルは、

「なんでといわれましても、マクタウロ様に命じられたから、としかお答え出来ないのですが」

その顔に、飄々《ひょうひょう》とした笑みを浮かべる。

「……いや、まぁ、確かに……今の騎士団の中で、最高級に分類される人選だし、間違いだとは言わないけどさ……」

そう言いながらも思わず頭を抱える。

（……こりゃ、戻ったら姫女王姉さんにみっちり尋問されるなぁ……）

帰国後の自分の状況を想像しながら、苦笑することしか出来ない。

「あの……第二王女様、どうかなさいましたか？」

第二王女の様子がおかしいことに気が付いたガリルが声をかける。

そんなガリルに、第二王女は、

「あぁ、大丈夫。君には関係ないし、これから行うミッションにも関係ないことで、ちょっと憂鬱になっちゃっただけだからさ……それよりも、これ」

そう言って第二王女は腕を組む。

よく見ると、その腕の間から折りたたまれたメモ用紙の端が見えている。

（……これは、周囲に気づかれないように、ってことだな）

第二王女の意図を汲《く》み取ったガリルは、大きな動作で手綱を一振りする。

すると、メモ用紙が跡形もなく消え去っていた。

ガリルが、手綱を握っている手をゆっくり開くと、その中に先ほどまで第二王女の腕の間にあったメモ用紙が握られていた。

自然な動作でそれを開き、内容を確認していくと、

『そろそろブリッツ国の国境が近いから、これからは事前にマクタウロから渡された指示書に従って、別名で呼び合うこと』

そう記載されていた。

その内容を確認したガリルは、出発前にマクタウロから渡された指示書の内容を思い出す。

（……最近のブリッツ国は、魔法に関する監視が非常に厳しくなっているとかで、防壁魔法の範囲内でかわされる会話も危険なため細心の注意を払うこと……）

そこまで思い出したところで、ガリルは改めて隣に座っている第二王女の姿を横目で確認する。

普段はストレートの髪の毛をショートボブ風に変えており、色白で、髪色も瞳の色も姫女王と同じ色合いをしている。

しかし、今の第二王女は、化粧で肌を日焼け気味にし、瞳の色をカラーコンタクトで黒色に、髪の毛も長髪で黒髪のウィッグを被《かぶ》っているため、普段の印象からガラッと変わっている。

化粧も、普段は外交担当という役目もあり地味過ぎず、かといって派手すぎない微妙なラインを巧みについた感じにまとめているのだが、今の第二王女は『清楚《せいそ》』と言う言葉しかしっくり来ないほど、地味だが清潔感のある感じにまとめている。

服装も、普段とは微妙に変化させているため、一目みただけでは、この女性が第二王女だと気づける人は、まずいないといえた。

（……姿形変化魔法を使用出来ないからとはいえ、小道具だけでここまで変装してしまうなんて……第二王女様って、やっぱりすごいんだな……って、いけないいけない、ここからはソクスさんって言わないと……そして僕は、ファング……）

ガリルは改めて指令書の内容を思い出しながら、それでいて周囲の様子を伺い続ける。

（……すごいね……自分の感覚だけで周囲の様子を探っているんだ……）

第二王女はそっぽを向きながらも、ガリルの様子を敏感に感じ取っていた。

そんな二人が街道を進んでいると、ガリルがわずかに右手を動かした。

手綱を握ったままのガリルの指が小さく動く。

第二王女は、それを横目で確認した。

（……後方、追尾者、三名、武器あり、攻撃気配なし……）

ガリルの指のサインを読み取った第二王女は、その場で大きく伸びをすると、

「私、喉が乾いてしまいました。この辺りに川ってないのでしょうか？」

いつもとまったく違う声色で、声をかける。

（……近くで止まって、出方を見るってことか……事前に確認した地図によると確か……）

「この先に川があったような気がします。ちょっと寄り道していきますか、ソクスさん」

「えぇ、お願いします」

ガリルの言葉に、笑顔で頷《うなず》く。

その返事に、街道をはずれて、近くの川に向かって馬車を進める。

◇同時刻・クライロード城◇

姫女王の自室。

この日、姫女王は自室で書類の処理を行っていた。

「……これは、ホウタウ魔法学校に関するレポート……確か、第三王女が直々に出向いた案件でしたね」

書類の束をゆっくりめくっていく。

（……以前の第三王女は、自室に閉じこもって、ひたすら机にかじりついて書類の処理だけに没頭していたというのに……今では、こういった出張が必要な案件も積極的にこなしてくれているみたいで、姉としても、上司としても、とても嬉《うれ》しく思います……）

レポートを確認している姫女王の表情は、女王としてのそれではなく、家族の成長を喜ぶ母のような優しさに満ちていた。

「……なるほど、この闘技場のシステムは面白いですね。うまく利用すれば、クライロード学院の生徒の技術向上に役立ちそうね……」

第三王女のレポートを確認しながら、色々と考えを巡らせる。

一通りレポートを確認した姫女王は、新しい書類に手を伸ばす。

その書類の表紙には、

『極秘』

と書かれた赤色のスタンプが押されており、魔法によって施錠されている。

「これは……第二王女が実行している案件ね」

書類の上に右手をかざしていく。

詠唱すると同時に、書類の表紙に魔法陣が展開し、

パチン。

小さな音とともに書類にかけられていた魔法の施錠が解除された。

改めて手に持ち直し、書類に目を通していく。

「ブリッツ国の件……第二王女の情報によると、あの男の勢力が国の中枢まで及んでいる様子はないとのことですけど……相手はあの男だし……第二王女もその点については危惧しているみたいね……」

種類を確認しながら、内容を読み進める。

その視線が、書類の一点で制止した。

その個所《かしょ》を、何度も何度も読み返し、確認する。

「……同行者が……え？」

目を丸くし、その場で固まってしまう。

その手元、書類の中には第二王女の同行者の名前が記載されているのだが、そこには、

『クライロード騎士団　ガリル』

そう記載されていたのであった。

「この出張って……確か、宿泊が……」

ぶつぶつつぶやきながら、その個所を何度も何度も読み返し続けていた。

◇ブリッツ国近く◇

街道を少し離れた場所。
川に近い場所に一台の荷馬車が止まっていた。
すでに周囲は暗くなっている。

パチパチッ。

荷馬車の横、焚火《たきび》が周囲を照らしている。
その火のすぐ横の倒木に座っているのは第二王女だった。

ガサガサッ。

近くの草むらから響いてくる音の方へ、第二王女が顔を向ける。

遠巻きに見ると、女性が一人でくつろいでいるようにしか見えないのだが、第二王女が座っている倒木とお尻の間にはナイフが忍ばせてあり、背後の荷馬車の下側にも弓矢が隠されている。
どちらもすぐに取り出せるようになっていた。

第二王女はさりげなくお尻の下のナイフに手を伸ばしつつ、音が聞こえてくる方角を凝視する。

程なくして、背の高い草をかき分けながらガリルが姿をあらわした。

「ファング。お疲れ様」

一瞬、安堵《あんど》の息を漏らしつつ、笑顔でガリルに声をかける。

「ただいまソクスさん。夕飯を仕留めてきましたよ」

ガリルの手には、仕留めたばかりの魔獣が数匹握られていた。

すでに下処理を終わらせているらしく、すぐに焼ける状態になっているのが一目でわかった。

「下処理は川で?」

「えぇ、終わらせてあります」

ガリルは第二王女の隣に座り、焚火の火を利用して魔獣を焼き始める。

(……獣化は、万が一を考えて控えてもらっているし……あの槍《やり》で仕留めたのかな?)

ガリルは槍を一本背負っていた。


その槍は初級の冒険者が使うような粗末な作りであり、万が一魔獣を仕留めそこねて、地面に突き刺さってしまうと、それだけで刃先が曲がってしまいそうな代物である。

しかし、ガリルが背負っている槍は、新品同然の状態だった。

第二王女はガリルに顔を近づけ、

「……あの、ファング」

小声で話しかける。

「なんですかソクスさん」

それに合わせて、さりげなく口元を隠しつつ、小声で返事をする。

「興味があって聞くんだけど……この魔獣って、背負っている槍で仕留めたの？」

「……えぇ、そうですね」

（……？）

第二王女の頭に、疑問の感情が浮かぶ。

（……今のガリル君……返事をする時に一瞬、何か考えていたみたいだけど……）

内心疑問に思いながらも、それ以上の詮索は自重《じちょう》した。

そんな第二王女の隣で、ガリルは平然とした様子で肉を焼いている。

（……一応、槍で仕留めたように見えたと思うけど……実際は、走って追いついてから仕留めるやり方って……傍《はた》から見たら異常だったかもしれないな……）

一方のガリルは、内心そんな事を考えていた。

夕食を終えた後、ガリルは片づけを行いながら、その最中にさりげなく指でサインを出す。

第二王女がそれを横目で確認する。

(……周囲、観察者、三名、武器あり、攻撃気配なし……って事は、移動中から同じメンバーが追跡を続けているってことみたいね……)

第二王女もまた、指で、

(……了解)

サインを返す。

「じゃあ、最初は僕が火の番をしますね」

「じゃあ、先に休ませてもらうわ。何かあったら起こしてねファング」

礼儀正しい姿勢で一礼してから荷馬車の中へ入っていく。

荷馬車の中で衣擦《きぬ》れの音がして、第二王女が着替えをしている様子が伝わってくる。


荷馬車の中……。

第二王女は服を着替えつつ、装備を点検していた。

(……明日のお昼にはブリッツ国に到着するわけだし、ここで装備の最終点検をしておかないと……)

一度、身に着けていた衣装をすべて脱ぎ去り、荷馬車の奥から衣装を取り出す。

体に密着するその衣装を身にまとい、状態をチェックしていく。

（……ここで魔力を使用するわけにはいかないから、ギミックのチェックまでは出来ないけど……

まぁ、それについては普段からチェックしているし、大丈夫かな……）

装備を確認し終えると、毛布にくるまり、荷馬車の壁に背を預けて座る。

緊急事態が起きた際に、すぐ起き上がって対処出来、かつ体を休める事が出来る。

（……交代までの時間、少しでも体を休めておかないと……ガリル君は初めての――）

第二王女は膝を抱えて座り、目を閉じる。

◇◇◇

荷馬車の中。

第二王女が目を覚ます。

「……そろそろ、交代の時間かしら……」

目をこすりながら顔をあげる。

その視線の先、荷馬車の床に朝日が差し込んでいた。

（……朝日？……なんで？　今はまだ夜中なんじゃ……）

ぼーっとした頭を、必死に回転させる。

その脳内がようやく覚醒し、ハッとし、目を丸くする。

「あ、朝ぁ!?」

ガバッと起き上がる。


いつもクールで、スケジュールを完璧にこなし、いかなるトラブルが起きても即座に軌道修正し最適解を求めることを常とし、それを実践してきた第二王女。

そんな第二王女が、身だしなみを確認することも忘れ、大慌てで駆け出していく。

(……まさかこの私が、寝過ごすなんて……っていうか、隠密《おんみつ》任務中に寝てしまうなんて……)


第二王女は荷馬車から、すさまじい勢いで飛び出す。

「ご、ごめんなさい！　寝過ごしてしまって……」

目を丸くし、大慌てでガリルに声をかける。

額から汗を流しつつ視線を向けた先で、ガリルは、

「おはようございますソクスさん。朝ごはん出来てますよ」

その顔に、飄々とした笑みを浮かべながら、第二王女に向かって手をあげた。

「あ……えっと……おはよう……ガ……じゃない、ファング」

あまりに普通な様子のガリルを前にして、きょとんとしてしまう。

毛布を肩にかけたまま、ガリルの隣に座った。

（……っていうか、何、この安心感……）

いつもと違う状態のため、第二王女はどこか落ち着かないでいた。

ガリルはそんな第二王女に飲み物が入ったカップを差し出す。

それを受け取って、口を付ける。

まだ落ち着きを取り戻せていない第二王女は、飲み物を口にし、どうにかして落ち着こうと呼吸を整えようとする。

「……ふぅ」

大きい呼吸を繰り返し、同時に気持ちも落ち着けていく。

ガリルはそんな第二王女の様子を横目で確認しつつ、焚火にかけている鍋から、スープをすくってカップによそう。

「夕食の残りの肉と、野草を使ったスープですけど、よかったら」

「い、いただきます」

一度頷き、カップを受け取る。

（……弱ったな……ちょっと調子がくるってしまうっていうか……うまく演技が出来ないっていうか……）

気持ちを落ち着かせようとすればするほど、胸が高鳴ってしまい逆に落ち着かなくなってしまう。

スープを口に運び、それを飲み込みながらどうにか気持ちを落ち着かせようとする第二王女……

しかし、頬が上気しているのを自覚しており、どうしても胸の高鳴りを抑えることが出来ずにいた。

そんな第二王女の隣で、ガリルはその顔にいつもの飄々とした笑みを浮かべながら、片づけをはじめていた。

自分の食事はすでに終わらせていたらしく、手際よく出発の準備を整えていく。

第二王女はそんなガリルの様子を横目で見つめながら、スープを口に運んだ。

◇◇◇

数刻後……

二人を乗せた荷馬車は、街道を進んでいた。

朝、野営地を出発して、すでに昼近くになっている。

第二王女は、視線だけを動かし周囲の様子を見回していく。

（……この先の坂を上り切ったら、ブリッツ国の防壁魔法の範囲内になる……ブリッツ国までの間に仕掛けてくるのなら、この坂を上り切るまでが最後のチャンスのはず……）

第二王女が思考を巡らせる。

朝、あれほど取り乱していた第二王女だが、半日近く経過したこともあり、いつもの冷静さを取り戻していた。

そんな第二王女の隣、前方を見つめながら手綱を握っていたガリルが、

「来ました」

そう言うが早いか、操馬台で立ち上がる。

第二王女もその気配を感じたらしく、マントを脱ぎ去り、荷馬車の上に飛び乗る。

(……いくら周囲に人影がないとはいえ、白昼堂々襲撃してくるなんて……目的は、何？)

思考を巡らせながら、第二王女は右手を前方に伸ばす。

その動きに呼応して、第二王女が身に着けている衣装が、その体を伝うようにして右手の先に収束していく。


——魔装衣装。

普段は普通の衣装として身に着けている衣装に魔力を込めることで武具に変換することが出来る魔導具である。


収束した第二王女の手の先に、魔導銃が出現していく。

しかし、衣装の大半が武具として収束したため、今の第二王女は下半身の相当な部分があらわになっており、片膝をついた状態になると、お尻の部分が丸見え状態になってしまう。

しかし、

「左サイド、任せて」

そんな事などお構いなしとばかりに、荷馬車の屋根の上で片膝立ちになった第二王女は、魔導銃を構える。

森の中をスコープで見渡す。

その中に、多数の魔族らしき者達《たち》の姿が映し出されていく。

（……こんな数の魔族が、ここまで近づいてくるまで気が付かなかったっていうの？）

内心で困惑しながらも魔導銃で撃っていく。

第二王女の魔力を弾丸として打ち出す魔導銃の一撃一撃は、的確に魔族達を撃ち抜く。

その反対側では、長剣を構えたガリルが荷馬車の前で仁王立ちになっていた。

仁王立ちとはいえ、魔族が近づく度にそこに突っ込み、長剣で一刺しし、即座に元の場所に戻っていく。

その動きがあまりにも速すぎるために、傍から見ると立ったままのガリルの周囲で、魔族達が次々に倒れていくようにしか見えなかった。

第二王女の魔導銃。

ガリルの長剣。

二人の攻撃により、魔族達は数こそ多いものの、一人として荷馬車に近づけずにいた。

そんな中、何度目かの特攻から戻ったガリルは、

「……ちょっとこれ、おかしいですね」

荷馬車の上の第二王女に声をかける。

「……そうね、私もそう思うわ……こいつら、倒れたら消えていくのよ」

第二王女が魔導銃を構えたまま、ガリルに声をかける。

その言葉通り、第二王女の魔導銃やガリルの長剣によって倒れた魔族達は、確かにその場に倒れるものの、倒れてしばらく経《た》つと、空気に溶けるように消え去っていたのである。

（……この魔族達……確かに存在しているんだけど、生きているわけじゃない……考えられるのは……魔力で作りだされた……？）

ガリルの脳裏に、チャルンやミニリオ、ベラリオの姿が浮かぶ。

三人とも魔人形という、魔法によって作り出された存在である。

（……チャルン達のようにしっかりした存在じゃないけど、一時的にそこに存在しているのは間違

いない……と、いうことは……）

攻撃を続けながら思考を巡らせていたガリルは、

「ベン姉さん！」

その声に呼応して、ガリルの後方に霧が出現し、その中から一人の女が姿を具現化していく。

――ベンネエ。

元日出《ひいずるくに》国の剣豪であり肉体を持たない思念体。

一騎打ちでガリルに敗れ、その強さに感服しガリルの使い魔として付き従っている。

「この度は出番がないとお聞きしておりましたのですが、このように呼び出して頂き恐悦至極でございますわ」

ベンネエはガリルの前で律儀に片膝をつき、口上を述べる。

その姿勢を保ちながらも、近づいてきた魔族には、手にもっている槍を一閃《いっせん》し両断していく。

「ベン姉さん、この魔族達を生み出している存在がどこかにいるはずなんだ。そいつを見つけ出してくれるかい？」

「御意」

ガリルの言葉に一礼し、目を閉じ、神経を集中させていく。

ガリルはベンネエの前に立ち、ベンネエが攻撃されないよう魔族達を倒していく。

押し寄せてくる魔族達の数があまりにも多いため、魔族達を生み出している存在の魔力を感じ取ることが出来ずにいたガリルは、その役目をベンネエに任せたのである。

ガリルの後方で意識を集中させていたベンネエは、ゆっくりと目を開くと、大きく息を吐き出す。

「……魔力の流れが複雑すぎて少し苦慮いたしましたが……ようやく見つけました」

そう言うと、その場から一気に飛び上がる。

上空高く舞い上がったベンネエの視線の先、大きな鳥が旋回していた。

「そのような姿に変化しても、拙者の目はごまかせませんわ」

ベンネエはその鳥に向かって槍を叩《たた》きつける。

慌てて槍をかわそうとした鳥だが、一瞬早く、槍が鳥を叩き落とした。

「ふんぎゃろぉ!?」

鳥らしからぬ悲鳴をあげながら落下していく鳥。

その鳥は、落下中に、鳥から魔族の姿に変化していく。

その魔族が落下すると同時に、荷馬車の周囲に殺到していた魔族達の姿が、かき消えるようにすべて消え去った。

「……終わった、の？」

第二王女が屋根の上で立ち上がる。

空を見上げる視線の先、落下してきた魔族は、地面に向かってまっすぐ落下していった。

「おっと」

それを、駆け寄ったガリルが抱き留める。

「……この騒動の元凶でございましょう？　そのまま落下させておけばよろしかったのでは？」

着地したベンネエが、不満を漏らす。

そんなベンネエに、ガリルは、

「元凶だからこそ、いろいろ聞かせてもらわないといけないしさ」

その顔に飄々とした笑みを浮かべた。

「そうね……アタシもいろいろ聞きたいわね」

第二王女は荷馬車の上で片膝をつき、ガリル達を見下ろしている。

「えぇ、そうですね……確かに……っと……」

一度、第二王女へ視線を向けたガリルだが、慌てた様子で視線を逸《そ》らした。

「……？」

その行動の意図が理解できなかった第二王女は、最初困惑しながら首をひねった。

しかし、自分に視線を落とすと……魔力を魔弾に変換させ過ぎたせいか、下半身が、Ｔバックのような状態で、かなりの露出具合になっていた。

「……っと、失礼」

慌てた様子で、魔導銃を衣装に戻しつつ、荷馬車の中に飛び込んだ。

その顔は真っ赤になっていた。

その様子を、やれやれといった様子で眺めているベンネエ。

「まったくもって解《げ》せませんねぇ……肌をみられたからといって、そんなに恥ずかしがる必要がどこにあるというのでしょうか」

「まぁまぁ、ベン姉さん」

そんなベンネエをガリルが苦笑しながらなだめる。

第二王女が着替えを終えるまでの間、しばしそのままの状態で時が流れていった。

◇数刻後◇

荷馬車は、街道からかなり森の中に入った場所に止まっていた。

「ここなら、ブリッツ国の魔法で探知されることもないでしょうね」

周囲を見回しながら、ガリルが頷く。

「えぇ、そうですね」

ガリルの言葉に第二王女も同意した。

しばらく周囲を見回していた二人だが、

「……じゃあ」

「……お話を聞かせてもらうわね」

その視線を、眼前の魔族へと向ける。

そこには、先ほど空中から落下し、ガリルに助けられた魔族が、縄でぐるぐる巻きにされた状態で座らされていた。

すでに意識を取り戻しているその魔族は、

「うぅ……ひっく……」

泣きながら、鼻をすすっている。

(……みた感じ、女の子よね……顔立ちが幼いけど……でも、あれだけの数の魔獣を作り出していたんだし、幼く見えるだけで、実はかなりの魔力の持ち主なのかも……)

第二王女は魔族を観察しながら、考えをまとめていく。

その視線の先で、魔族の女の子はいまだに泣き続けていた。

「うぅ……任務に失敗しちゃったぁ……ご主人様にお仕置きされちゃううぅ……」

嗚咽《おえつ》を漏らしながら、言葉をこぼす。

「ご主人様?」

「うぅ……そうなんですぅ……私、もともとは戦争の時に捕まった奴隷だったのですけど、ご主人様に買い取っていただきましてぇ、その際に絶対服従魔法をかけられているんですぅ……その魔法の盟約にのっとってぇ、任務に失敗したらぁ、お仕置きされてしまうんですぅ……」

「そのご主人様っていうのは誰なの？」

「うぅ……それは、絶対服従魔法のせいで、口に出来なくなっているんですぅ」

魔族の女の子の言葉を聞き、ガリルと第二王女は顔を見合わせる。

「……とにもかくにも、その絶対服従魔法をどうにかしないことには、何も聞き出せないってことですね」

「そうねぇ……」

第二王女はガリルの言葉に頷き、魔族の女の子の頭に右手を乗せる。

詠唱し、魔力を右手に集中させていく。

……しかし、

第二王女の魔法に呼応するかのように、魔族の女の子の額に紫色の魔法陣が出現し、

「い、痛いです！　痛いです！　ごめんなさい！　ごめんなさい！」

同時に、魔族の女の子は頭を抱えて泣き出してしまう。

その光景を前にして、慌てて詠唱をやめ、手を放した。

すると額から魔法陣が消え、痛みも消えたのか、魔族の女の子も安堵の息を漏らした。

第二王女は、その光景を前にして、

「……ダメだわ……アタシの魔法じゃどうにもならないみたい」

首を左右に振った。

「……ガリル君は、出来そうにない？」

「そうですね……僕は魔法はいまいちなんで……多分、父さんか姉さんならどうにか出来ると思うんですけど」

その言葉に、第二王女は再びため息を漏らす。

「まぁ、今回の元凶がこの魔族の女の子らしいのは間違いなさそうだし、ブリッツ国へ入国する前に、この子から事情を聞き出さないことにはどうにもなりそうにないもんね」

◇ホウタウの街・フリオ宅◇

ガリル一行を乗せた荷馬車は、夜通し街道を進み、翌朝にはホウタウの街へ帰りついていた。

「我が君《きみ》、ご自宅が見えてまいりましたわ」

操馬台に座り、手綱を握っているベンネエが、荷馬車の中に向かって声をかける。

帰宅の際には、捕縛した魔族の女の子を監視する必要があるため、荷馬車の操縦をベンネエに任せ、ガリルと第二王女が監視にあたっていた。

その声を受け、

「……う～ん……」

第二王女がゆっくりと目を覚ます。

しばしぼーっとしていたのだが、意識がはっきりしてくると、自分がガリルの肩にもたれかかっている事に気が付いた。

「って……ご、ごめんなさい!? アタシってば、また寝ちゃってた!?」

慌てて立ち上がる第二王女に、ガリルは、

「いえいえ大丈夫ですよ、魔族の女の子もぐっすり眠っていますのでご安心ください」

飄々とした笑みを第二王女へ向ける。

その言葉通り、魔族の女の子はガリルの膝を枕にして、気持ちよさそうな寝息を立てていた。

その光景を確認した第二王女は、安堵のため息を漏らす。

（……よかった……とはいえ……ガリル君が起きてくれていたからこそ、問題が起きなかったわけであって、アタシだけだったらどうなっていたか……）

第二王女が最悪の事態を脳内で思い浮かべ、青くなる。

その心中を察したのか、ガリルは、

「まぁまぁ、無事にこうして戻ってこれているんですし、ここまでは問題なかったってことでいいじゃないですか」

「……ガリル君がそう言ってくれるのなら……」

若干納得のいっていないような表情を浮かべているものの、微笑《ほほえ》み続けているガリルを前に根負けし、頷いた。


そんな一行を乗せた荷馬車は、程なくしてフリオ宅の前に停車した。

すると、

「やぁ、ガリル。お帰り」

まるでガリルが戻ってくるのを知っていたかのように、フリオが家の前に立って、荷馬車を出迎えていたのであった。

「父さん……た、ただいま」

荷馬車を降りたところで、フリオの存在に気が付いたガリルは、一瞬びっくりしながらも、すぐに笑みを浮かべる。

ガリルは、まだ眠っている魔族の女の子をお姫様抱っこの要領で抱きかかえていた。

昨夜の尋問の結果、絶対服従魔法を恐れているだけで、逃走や反抗の恐れはないと判断したガリル達は、縄による捕縛を解除していた。

「ガリル、この魔族の女の子がどうかしたのかい？」

そう言いながら、ガリルが抱きかかえている魔族の女の子の頭を撫《な》でるフリオ。


パリン。


次の瞬間、フリオの手の先で、ガラスが割れるような音が響き、魔族の女の子の頭上にウインドウが表示される。

そのウインドウには、

『非人道的として使用を禁止されている絶対服従魔法を探知したため強制解除しました』


との言葉が刻まれていた。

そのウインドウを覗きこんだガリルと第二王女は、目を丸くし、その場で固まってしまう。

「えっと……僕たちの目的って……」

「ひょっとして……もう解決したって、こと？」

困惑しながら、顔を見合わせていくガリルと第二王女。

そんな二人の様子を見つめていたフリオは、

「えっと……ひょっとして父さん、何か失敗しちゃったのかな？」

困惑しながら、ガリルと第二王女を交互に見つめた。

◇クライロード城・姫女王の自室◇

ガリルと第二王女がブリッツ国方面から戻り、数日後。

姫女王の自室の中に、姫女王と第二王女の姿があった。

姫女王は、第二王女から提出されたレポートに目を通していく。

「……それで、今回、第二王女達を襲ったのは、ムラーナという魔族の女の子だったわけですね」

「えぇ……なんでも、魔族モドキを生成することが出来る能力を持った希少魔族だそうでして、さる情報筋にお聞きしたところ、『魔王軍でも噂しか聞いたことがない』とのことで。魔族の間でも、生体などがあまり知られていない存在みたいでして……ただ、魔族モドキを大量に生み出せはするんだけど、一体一体の能力は非常に低くて、倒されると消滅し、魔力に変換されてムラーナの元に戻っていくらしいです」

報告のため、第二王女の言葉遣いは礼儀正しいものになっていた。

姫女王は、その言葉をかみしめるようにじっくりと脳内で消化していく。

「……元凶だった魔族については理解いたしました……それで、ムラーナに、非人道的として使用を禁止されている絶対服従魔法を使用した諸悪の根源については……」

報告書を読み返し、ため息を漏らす。

「……えぇ、フリオ様の助力で絶対服従魔法を解除することは出来たのですが……絶対服従魔法の影響下だった期間の記憶がすべてなくなっている、と……」

「解除前に何度か質問してみたのですが、その度に絶対服従魔法が邪魔をして……」

第二王女もまた、大きなため息を漏らした。

「……ここからは、私の推測なのですが……」

姫女王はレポートを閉じると一通の書簡を取り出す。

その差出人には、

『ブリッツ国　国王』


の文字が刻まれていた。

「ちょうど第二王女が出立するのと入れ違いで、この書簡がブリッツ国より届いたのですが……なんでも、ブリッツ国内に、正体不明の研究施設が発見されたため、これを攻撃し支配下に治めたそうなのですが……闇商会の施設の可能性が高いとか……攻撃する際に、施設を管理していた数名の魔族を取り逃がしたとかで……」

「……その魔族達が施設を取り戻しに来ることを想定して、最近のブリッツ国は魔法探知を強化していた、ってこと？」

「そう考えれば、いろいろと辻褄《つじつま》が合うと思うんだけど……」

「……でも、これはすべて私の推測、証拠は揃《そろ》っておりません……ムラーナも、記憶がない以上、どうする事も出来ませんし……」

（……ただ……ムラーナに施されていた絶対服従魔法は、一体どこで使用されたのでしょう……クライロード魔法国内であれば、防壁魔法が発動し、魔法を阻害するはずですし……まさかとは思いますけど……ブリッツ国の研究施設で……）

そこまで考えたところで、姫女王は首を左右に振った。

「……とりあえず、今回の件は、これで調査終了ということで。ムラーナについては絶対服従魔法の影響を考慮して、信頼できる、しかるべき施設に預けておりますので……では」

第二王女は一礼すると、足早に出口へと向かう。


ガシッ。


その肩を姫女王が後ろからがっちりと摑《つか》んだ。

「……お待ちくださいな第二王女」

「え、えっと、何か御用ですか、姫女王姉さん……」

「あのね、このレポートには書かれていなかったのですけれども……あなた、ガリル君と一緒に二泊していますよね？」

「あ、あ～えっと……そ、ソウデスネ……」

「で？」

「え、えっと、あの……『で？』とは？」

「決まっているでしょう？　ガリル君とどのように過ごしたのか、教えてほしいなぁ、って思っておりまして」

満面の笑みを浮かべながら質問を重ねる。

その笑顔に恐怖し、第二王女は必死になって言葉を探す。


姫女王による、聞き取り調査は、相当な時間行われたという。

◇ホウタウの街・魔獣レース場近く◇
魔獣レース場の近く。

建設されたばかりの施設の中に、フリオの姿があった。

屋内にもかかわらず、フリオの周囲はうっそうと茂った木々で覆われている。

「ホウタウ魔法学校の闘技場に導入した施設を流用してみたけど、うまくいっているみたいだね」

周囲を見回しながらフリオは満足そうに頷く。

周囲の木々は、魔法によって生成されており、実際の木と同じような感触がある。

フリオは、その視線を管理室へ向けた。

「じゃあムラーナ、やってみてくれるかい？

フリオが声をかけると、周囲から無数の魔族モドキ達が出現した。

皆、武器を手に持ち、隊列を組んでフリオに襲いかかる。

そんな魔族達に向かってフリオが右手を伸ばす。

「重力魔法」

その言葉に呼応し、フリオの右手の先に魔法陣が展開されると、魔法陣の前方から襲ってきていた魔族モドキ達が一瞬にして押しつぶされていく。

「出現する魔族にについては、もう少し調整する必要がありそうだけど、基本的には、こんな感じでいけそうかな」

周囲に攻めよせてくる魔族モドキ達を重力魔法で次々に押しつぶしていった。


管理室の中。

ムラーナは画面に映し出されているフリオの様子を見つめていた。

両手を伸ばし、出現する魔族モドキの数を調整しているらしく、画面の中の様子に合わせて、時折自分の体をひねったりしながら、魔族モドキ達をどんどん生成していく。

その光景を、ゴザルが腕組みをして見つめている。

「ふむ……冒険者の訓練施設に登場する魔族として、ムラーナが生成する魔族モドキは、殺傷能力を皆無にまで調整できるらしいし、まさに適任といえるな」

画面の中を確認しながら頷く。

「……それにしても」

その視線をムラーナへと向けていく。

「クライロード城の者にも聞かれたが……私も名前しか聞いたことがなかった魔族モドキを生成出来る魔族が存在していたとはな……うむ、実に興味深い」

踊るようにしながら、魔族モドキを生成し続けているムラーナ。

その顔には、満面の笑みが浮かんでいる。

「……ムラーナの能力がお役にたてる……嬉しいです！　とっても嬉しいです！」

時折歓喜の言葉を漏らしながら、ムラーナは魔族モドキを生成し続けていた。

絶対服従魔法の影響下の記憶はないものの、今のムラーナは、自分が必要とされ、役にたてている事が嬉しくて仕方なかった。

◇とある街◇

とある街の裏通り。

その一角にある石造りの建物の二階の一番奥の部屋。

夜なのに魔法灯がついていないため、部屋は暗闇に包まれている。

その部屋で、闇王は豪奢《ごうしゃ》な椅子にどかっと腰掛け、舌打ちを繰り返していた。

「……ったく……ブリッツ国の研究施設が強奪された上に……奪還に向かわせた魔族まで返り討ちにあって行方不明とか……ったく、本当に使えねぇな」

ひと際大きい舌打ちをする。

「ったく……ブリッツ国に向かう民間の荷馬車を強奪して、一般人の振りをして入国し、施設の資料と資金だけで奪還してこいっていう、こんな簡単な任務がなんで出来ねぇんだ……」

ブツブツつぶやきながら、再び舌打ちをする。

そんな闇王の様子を、金角狐《きんつのぎつね》と銀角狐《ぎんつの》はドアの外から窺《うかが》っていた。

二人は気配を悟られないように、気配隠蔽魔法を使用し、ドアの近くに張り付いている。

（……ど、どうします、金角狐《きんつの》お姉さま……ブリッツ国の任務をすっぽかして人造魔獣の件を勝手にすすめていたのがばれたらやばいココン）

（……そ、そうは言っても、やってしまったことは今更仕方ないコン）

（……じゃ、じゃあ、どうしますココン？）
（……それを今、考えているコン……）
魔狐姉妹は気配を消したまま、ひそひそと言い合いを続けている。
闇王は苛立《いらだ》ちながら、室内で舌打ちしている。

いつしか、夜はふけていった。

エピローグ　8

◇キノーサキ温泉・ヤナーギの湯◇

クライロード魔法国の北方にあるキノーサキ温泉。

ここには、七種類の温泉が湧き出しており、それぞれに効能が違っている。

そんな七つの温泉の一つである、ヤナーギの湯。

その女風呂の中に、リース、ウリミナス、バリロッサ、ビレリー、ブロッサム、ベラノの姿があった。


体を洗い終えたバリロッサが、ゆっくりと湯舟に入っていく。

「家のお風呂もいいのですが……やはり、温泉のお風呂も、いいものですね」

長い髪の毛を後方でくくり、うなじをあらわにしているバリロッサは、気持ちよさそうに一息吐《つ》きながら肩までつかっていく。

「確かに、ここの温泉って、たまに無性に入りたくなるんだよな」

頭に手ぬぐいをのせているブロッサムは、バリロッサのすぐ隣に座り、湯舟の縁に両腕を投げ出す恰好《かっこう》でくつろいでいる。

そんなブロッサムの言葉に、洗い場で頭を洗っている最中のビレリーも、うんうんと頷《うなず》いた。

「……まぁ、確かに……たまには、いいニャね」

バリロッサとブロッサムのちょうど向かい側で湯舟につかっているウリミナスは、そっぽを向きながらも、小さく頷いた。

「それにしてもぉ」

そんなウリミナスの近く、湯舟の中を気持ちよさそうにゆっくり移動しているビレリーが、視線をウリミナスへ向ける。

「いつも、家ではぁ、お風呂もすぐにあがってしまうウリミナス様がぁ、今日はずいぶん長湯なのですねぇ」

「う、うニャ!?」

ビレリーの言葉に、ウリミナスは思わずびくっと体を震わせる。

褐色の頬を赤らめ、困惑した表情をその顔に浮かべた。

そんなウリミナスに、リースは、

「そりゃあ、ここヤナーギの湯は、子宝の湯ですものねぇ。ウリミナスとしても、そろそろゴザルとの間に……ねぇ？」

リースがニヤニヤと笑いながら、ウリミナスの脇腹をひじでつつく。

「う、うニャニャ!?」

リースの言葉に肩まで赤くし、勢いよく湯舟から立ち上がる。

「そ、そんニャことは……」

「あら？　そんなことはない、って、言えるのかしら？」

「う、うニュ……」

「なら、別に、私の近くで湯舟に入る必要もないのではありませんこと？」

「う……そ、それはだニャ……」

クスクス笑うリース。

そんなリースの言葉に、ウリミナスはどんどん反論できなくなっていく。

徐々にトーンダウンし、再び湯舟の中へ体を沈めると、今度は鼻の下まで湯舟につかって表情を隠す。

それでも、リースの隣で湯舟につかり続けていた。

元魔王軍の同僚でもあるリースとウリミナス。

年齢が近い事もあり、魔王軍時代から軽口を言い合う間柄で、その関係はフリオの家で暮らすようになってからも変わっていない。

そんな二人の言い合いを、反対側から眺めていたバリロッサは、

「……その……なんだ……ウリミナス殿は、なぜリース殿と、そんなに密着しているのだ？」

キ
キ

苦笑しながら、そんな言葉を口にした。

その言葉通り、湯舟につかっているウリミナスは、同じく湯舟にはいっているリースと肌が触れ合うくらいの距離にいた。


バリロッサの言葉にビレリーも同意する。

「そういえばぁ……」

ふと、何かを思いついたのか口を開く。

「いつもヤナーギの湯に来た時ってぇ、ウリミナス様ってば、リース様の近くで湯舟に入っているような気がするんですけどぉ……」

「う、うニャ!?」

ビレリーの言葉に、ウリミナスが目を丸くする。

「そ、そんな事はニャいニャ……こ、これはその……た、たまたまというか、気まぐれというか……」

慌てた様子で両手をワタワタさせ、同時に顔を激しく左右に振る。

その言葉とは裏腹に、リースの隣から少し離れただけで、近距離状態を保ったまま、それ以上離れようとしていない。

そんなウリミナスの様子に、バリロッサ、ブロッサム、ビレリー、ベラノの四人は、そろって怪《け》訝《げん》そうな表情を浮かべて顔を見合わせ、首を傾《かし》げる。

そんな一同の視線の先、湯舟に首までつかっているリースは、

「あら、それなら理由はわかっておりますわ」

「ちょ!? リ、リース!?」

ウリミナスが慌ててリースの口を押さえようとする。

しかし、リースはそんなウリミナスの腕を摑《つか》み、それを笑顔で阻止した。

「私たち魔族は、子供が出来にくいと言われているのは、みんな知っているでしょう?」

「そうですね……だから、魔族は三人まで妻を持つことを許されているわけですし」

「でね、そんな魔族の中にはですね、『お風呂に入る際に多産の女性の近くで一緒に入るとあやかることが出来る』という言い伝えがあるのですよ」

「「「「そうなんですか!?」」」」

リースの言葉に、バリロッサ、ブロッサム、ビレリー、ベラノの四人は一斉に声をあげる。

フリオ家において、複数の子供を産んでいるのはリース一人である。

入浴の際、そんなリースに、ウリミナスが近寄っていくのも無理はないといえた。

……すると、

「ウリミナス殿、ずるいですぞ！　今日くらい、リース様の隣をお譲りください！」

「ニャ！　お断りニャ！」

「や～ん！　私、スレイプ様の子供が、あと二人か三人はほしいんですぅ！　よろしくお願いいたしますぅ！」

「……」（こそっと湯舟の中を潜水し、リースの前方から近寄っていく）

「あ……アタシはまだ結婚してないけど……まぁ、事実婚みたいなもんだし、コウラも妹か弟がほしいって言ってたしなぁ……ってなわけで、参戦するよ！」

「あら、そういうことでありんしたら、私もぜひあやかりたいでありんすわ」

「ニャ!?　チャ、チャルン!?　お前いつ来たニャ!?」

いつの間にか、リースの周囲が大混乱となり、その近くを求めて争奪戦が繰り広げられる。

そこに、

「なんなの？　なんなの？　楽しそう！　楽しそう！」

新たに入ってきたワインが、満面の笑みで湯舟に向かって走っていく。

「いけませんワインお嬢様！」

それを、後方から入ってきたタニアが捕まえる。

「うにゅう！　ワインも入るの！　入るの！」

「いけません、ワインお嬢様！　温泉に入るときは、こちらでまずかけ湯をする必要が……って、あぁ!?　リヴァーナ様！　そこはかけ湯用のお湯溜《ゆた》め場《ば》であって、入る場所ではないのです！」

新たにワイン、タニア、リヴァーナも加わり、女湯の中はさらに混沌《こんとん》と化していった。

◇◇◇

男湯の中。

「はっはっは。女湯はにぎやかだな」

湯舟に浸《つ》かっているゴザルは、楽しそうに笑い声をあげる。

その隣で、スレイプは、

「楽しそうなのはいいのですが……ビレリーはあと二、三人子供がほしいのか……」

腕組みをしたまま難しい顔をしている。

そんな二人をフリオは苦笑しながら見ていた。

「いや、でも、こういうのって授かりものっていいますし……ね？　スレイプさんもそんなに深刻に考えなくてもいいのではないでしょうか？」

「む……確かにフリオ殿の言う事にも一理あるな」

「そういう事だ。だからスレイプよ、そんなに深刻になるでない」

再びゴザルが楽し気に笑う。

「それよりも、フリオ殿よ、この度は本当にお疲れだったな」

「僕だけの力ではありませんよ。僕は施設を作ったり改修の計画をしただけで、実際の作業は皆さんが手伝ってくださったじゃないですか。そのおかげでこんなに早く、依頼されていた作業を整える事が出来たんですから」

ゴザルの言葉に、フリオが頭を下げた。

「うむ……まぁ、フリオ殿がそういうのなら、そういうことにしておくか」

そういうと、立ち上がり湯舟からあがる。

「さぁフリオ殿、温泉もよいが、キノーサキ温泉は飯もうまいからな」

「そうですな。早く宴会場に向かおうではないか」

ゴザルに続いてスレイプも湯舟から上がった。

「それもそうですね」

フリオも、二人に続いて湯舟からあがる。

そんな一同の耳に、女湯の喧噪《けんそう》が聞こえてくる。

「だから、今日は私がリース様の隣をですね」

「ウリミナスゥ！　そろそろかわってくださぁい」

「ニャ！　そうはいかニャいニャ！」

「おっと、それはこっちのセリフですぜ」

「……」（遠巻きにチャンスを狙っている）

「もがもがもが……」（皆に乗っかられておぼれている）

その声を聞きながらゴザルが苦笑する。

「……この調子だと、女性陣が宴会場に来るのは、かなり後になりそうだな」

「うむ、どうもそうなりそうですな」

「とりあえず、先に宴会場に行っておきますか」

三人は苦笑しながら風呂を後にした。

フリオ達《たち》が着替えを終えて、脱衣所を後にしてもまだ、女湯からはにぎやかな声が聞こえ続けていたのだった。

◇とある森の奥深く◇

近くに小さな村がある以外、特にこれといった変哲のない森。

その森の入り口付近に、こぢんまりとした村があった。

その村は、辺境にしては割と大きめで、街道も何本か通っている。

そのためか、村には多くの人々が往来しており、かなりにぎわっていた。

そんな村から少し離れた森の中。

そこに一軒の小屋があった。

その小屋に、この日数人の来客があった。


「私、あの村で村長をしているのでありますが……」

「「うん、それはよく知ってるなりよ」」

対面に座っている老人の言葉に、フギー・ムギーが頷《うなず》く。


――フギー・ムギー。

魔王ゴウル時代の四天王の一人である双頭鳥《そうとうちょう》が人種族に変化した姿。

魔王軍を辞して以降、とある森の奥で、三人の妻とその子供たちと一緒にのんびり暮らしている。


今は人種族の姿に変化しているものの、元は双頭の大型魔獣であるフギー・ムギー。

そのため、一つの口で言葉を発しているにもかかわらず、二人が同時に話している感じに聞こえてしまう。

その声に違和感を覚えたのか、村長の後方に控えている村の若い男達《たち》は互いに顔を見合わせる。

それに気づいた村長は、後方に向かって右手をあげ、静かにするよう合図した。

それを受け、若者達は少し慌てた様子で姿勢を正す。

後方が落ち着いたのを確認した村長は、改めてフギー・ムギーに視線を向けた。

「失礼しました。え～、先日は、村で悪徳な学校を開校しようとしていた悪人どもを追い払ってくださっただけでなく、最近でも村の周囲に出没していた魔獣達の対処までしてくださったとのことで、村人の代表として御礼申し上げます」

村長は椅子から腰をあげ、深々と頭を下げる。

同行していた若者達も、村長にあわせて頭を下げた。

その言葉に、フギー・ムギーは首を傾《かし》げた。

「「あの詐欺師達を追い払ったのは僕なりけど、魔獣達の件は知らないなり。球状世界の魔法防壁が壊れたのにびっくりして、引っ越ししたんじゃないなりか？」」

フギー・ムギーの言葉に、村長はにっこり微笑《ほほえ》む。

「ほっほっほ。ご謙遜なさらなくても良いのですよ。フギー・ムギーさんが村のために頑張ってくださっているのは、そちらの奥様方からよくお聞きしておりますので」

「「なり？」」

村長の言葉に、はて？　といった表情を浮かべながら後方へ視線を向ける。

その視線の先、フギー・ムギーの後方には三人の女性が立っていた。

フギー・ムギーの妻である、カーサ、シーノ、マートである。


――カーサ。

農家の娘。

人種族の姿のフギー・ムギーに一目ぼれし、猛アタックの末、妻の座を射止めることに成功し、今は森の中の小屋で他の二人の妻と一緒に暮らしている。


――シーノ。

カーサと同じ村で暮らしていたシスターの女性。

カーサ同様にフギー・ムギーに一目ぼれし、今は妻の一人としてその子供たちと一緒に暮らしている。

普段は、村で怪我人《けがにん》や病人の治療を行っている。

――マート。

森の中で山賊に襲われそうになっていたところをフギー・ムギーに救われた商人の女性。

助けられた恩を返すためにフギー・ムギー達と一緒に暮らしているうちにフギー・ムギーのことを好きになり、今は妻の一人としてその子供たちと一緒に暮らしている。


フギー・ムギーの視線を受けて、三人は思い思いに視線を逸《そ》らす。


カーサの脳内……

(やば……農作業している時に、近所のおばちゃん相手に、ちょっと盛って話しちゃったのが、大げさになって伝わっちゃったのかしら……)


シーノの脳内……

(む、村の皆の治療を行っていた際に、旦那様のおかげでこのあたりの平和が保たれていると、少し誇張してお話しし続けていたのがまずかったでしょうか……いえ、本当に、ほんの少しなのですが……)

マートの脳内……

(村で商売をしている時に、旦那様の功績を大げさに喧伝《けんでん》して、商談を有利に進めたりしていたのが、ばれたりしちゃったんじゃあ……)

それぞれ思い当たる節があるためか、三人は気まずそうに視線を逸らし続けている。

(……なるほど……三人に思い当たる節があるみたいなりな……)

フギー・ムギーはいろいろと事情を察したのか、咳払《せきばら》いしながら村長に向き直る。

「「まぁ、今後も何かあったら相談してほしいなり。僕の出来ることなら協力させてもらうなりよ」」

「おぉ! そう言って頂けるとありがたい」

フギー・ムギーの言葉に、村長が笑みを浮かべる。

「早速ですが、フギー・ムギー殿に、折り入ってお願いがございまして……」

「「うん? なんなりか?」」

「いえ、その……実は、この村の自警団長になって頂けたらと思っておりまして……」

「「自警団の長《おさ》、なりか?」」

「はい、最近は村がにぎわってきたこともあり、移住してくる若者も増えてきたのはいいのですが、最近の若者は闘い慣れていないといいますか、魔獣相手に戦ったことがないという者達が多数おりまして……」

「「そういえば、冒険者制度に問題があるとかで、子供達が通っている学校がある街に、訓練施設が出来たとか言ってたなりね」」

「そうなんですよ。それに、西方の魔族領に近いところで何やら騒動があったとも聞きますし、そういった緊急事態に迅速に対応できるように、と思っておりまして。で、そうなった時に村の誰が適任かと考えましたところ、満場一致でフギー・ムギーさんにお願いすべきという意見になった次第で……」

村長の言葉に、後方に控えている若者達も一斉に頷いた。

「「……まぁ、僕の家族も、村でお世話になっているし、それくらいなら引き受けるなりよ」」

「おぉ！　これはありがたい！」

村長はフギー・ムギーの言葉に嬉《うれ》しそうに笑みを浮かべ、手を取って固く握りしめた。

……その後。

自警団に関する簡単な打ち合わせを終えると、村長一行はフギー・ムギーの家を後にしていった。

それを玄関で見送ったフギー・ムギーは、

「『……さて、村長の案件は終わったなりけど』」

後方へ向きなおり、そこに控えているカーサ、シーノ、マートの顔を順番に見ていく。

「『さっきの話の中であった違和感について、順番に説明してもらうなりよ』」

「あ……えっと、その……フーちゃん、あのね、あれは誤解というか……」

「そう、誤解ですの……私達は決して……」

「うんうん、変なことをしていたわけじゃなくって、でね……」

腕組みをしているフギー・ムギーに対し、三人は笑顔で言葉を続ける。

しかし、その笑顔は一様に強張《こわば》っており……。

「『とにかく、子供達のお迎えまでに、納得のいく説明をしてもらうなり』」

そう言うと、三人とともに奥の部屋へと移動していった。


その後、帰宅した子供達の前で、母親である三人がかなり落ち込んでいたとか、いなかったとか……。

◇クライロード魔法国・東方の街◇
この日、クライロード魔法国の東方のとある街に、ゾフィナの姿があった。

荷馬車隊の先頭の荷馬車の操馬台に座っていたゾフィナは、隣に座って手綱を握っているグレアニールへ顔を向けた。

「なるほど……この街は周囲が山に囲まれているので、魔導船で荷物を運んでこれないわけか」

「……そう。魔導船は便利だけど、発着にはそれなりの場所が必要でござる。だから、発着に必要な場所を確保出来ないこういった街には、荷馬車で来るしかないということでして……」

ゾフィナの言葉に、グレアニールは手綱を握ったまま頷き、説明していく。


手綱とはいうものの、この荷馬車はフリース雑貨店運搬部門のダクホーストが獣化して引っ張っているため、実際に操縦する必要はないのだが、周囲の目もあるため、一応そのような体裁をとっているに過ぎなかった。


獣化しているダクホーストは、街中を悠々と進んでいた。

その様子を、街の人達は目を丸くしながら見送る。

「おいおい、あの魔馬ってどうなっているんだ？」

「魔馬は、普通の馬より大きいとはいえ、あの魔馬の大きさときたら……」

「確かにでかいが……一頭で荷馬車を五台も楽々と引っ張るとは……」

口々にそんな会話をしている街の人々の間を、荷馬車隊が進んでいく。

「それにしても……」

グレアニールがゾフィナへ視線を向ける。

「急に荷馬車隊で働きたいとは、どうしたでござるか？　フリオ様からは、諸事情により急遽《きゅうきょ》フリオ様の庇護《ひご》下に置いているとお聞きしているでござるが……それなら、急いで働く必要はないのではござらぬか？　それに、急いで働くのであれば、ブロッサム農園の方が……」

「あ～……その、農園の方は、〝近くの山〟の住人達のおかげで間に合っていると言われてな……それに、その……庇護してもらっているからといって、働かずにいるのは性《しょう》に合わないというか……」

（……そう、そうなんだ……元神界の使徒であるこの私が、あの堕女神テルビレスのように、仕事をサボって、惰眠をむさぼり、酒におぼれてしまっては……）

脳裏に、テルビレスのダメっぷりを思い出し、思わず頭を左右に振る。

「と、とにかく、頑張りますので、これからもよろしくしてほしい」

「まぁ……こちらとしても人手が多いに越した事はないでござるし……」

ゾフィナの言葉に、頷くグレアニール。

そんな二人の荷馬車を先頭に、フリース雑貨店の荷馬車隊は街中を進んでいった。

◇ホウタウの街・フリオ宅◇

夜。

フリオ宅の二階の一室。

他の部屋よりも一回り大きく、寝室以外に三室が設けられているこの部屋は、ゴザルとウリミナス・バリロッサ夫妻が、自分達の部屋として使用していた。

そんな中、ゴザルは寝室で一人、ベッドで横になっていた。

風呂からあがり、ベッドの感触を楽しみながら目を閉じていると、寝室に通じる扉が開き、バリロッサが入ってきた。

こちらも風呂あがりらしく、髪の毛をバスタオルで拭きながら室内に入ってくる。

（……ウ、ウリミナス殿が、所要で遅くなるとの事であるが……）

ベッドで横になっているゴザルに気をつかってか、抜き足差し足で、ベッドの横に置かれている鏡台へ向かう。

その手を、不意にゴザルが摑《つか》んだ。

「ゴ、ゴザル殿!?」

不意をつかれたバリロッサが思わず上ずった声をあげる。

「はっはっは、バリロッサ殿よ、そんなにびっくりせずともよかろう」

慌てているバリロッサの様子を、ゴザルは楽しそうに見つめながら、ベッドから上半身を起こす。

「あ、いや、その……べ、別にびっくりなどしてはおらぬが……」

バリロッサは慌てた様子でその顔に作り笑いを浮かべる。

「それよりも、バリロッサ殿よ」

ゴザルが握っていた手を離す。

「一つ、教えてほしい事があるのだが」

「お、教えてほしい事か？」

「うむ、あの日より、ちょっと気になっていたのであるのだが……」

腕組みし、首をひねる。

そんなゴザルの様子を、きょとんとした様子で見つめていた。

「あの日、とは……？」

「うむ、フリース雑貨店で荷物整理をしておった際に、ウリミナスに呼ばれた時にだな、バリロッサ殿から何か伝えたいことがあると聞かされておったのだが、バリロッサ殿は何やら慌てて立ち去ってしまったであろう？」

「は、はぁ!?」

ゴザルの言葉に、バリロッサは思わず素っ頓狂な声をあげて頬を真っ赤に染め、目を丸くしたまま固まった。

ゴザルは、そんなバリロッサの手を優しく握り、ゆっくりと引き寄せる。

その場で、完全に固まっていたバリロッサは、なす術《すべ》なくあっさりとゴザルの元に抱き寄せられた。

（……あ、あの時の言葉って……ゴ、ゴザル殿相手に『愛している』と……）

あの日の事を思い出し、バリロッサはさらに顔を真っ赤にする。

そんなバリロッサを抱き寄せ、その眼前に自らの顔を近づける。

「で、あの時、私に何を言おうとしたのだ？」

ゴザルの顔には、どこか楽しんでいるような、いたずらっぽい表情が浮かんでいた。

バリロッサは言葉を詰まらせ、

「ち、近っ……」

どうにか、そう口にするのがやっとだった。

顔を真っ赤にしたまま、ゴザルの腕の中で身動き一つ出来なくなっているバリロッサの顔に、ゴザルはさらに顔を寄せた。

「で、私に何を言おうとしたのだ？」

再び同じ質問を繰り返す。

そんなゴザルの態度にバリロッサは、

「……そ、そんな事を言いながら……もうわかっているのだろう？……いじわりゅ……」

子供のような表情で拗《す》ねた。

「それでも、バリロッサ殿の口から聞きたいのだよ」

「……もう……」

抱き寄せるゴザルの胸板を、バリロッサが子供のようにポカポカと叩《たた》く。

そのまま、その胸に顔をうずめ、

「……あ……あ……」

消え入りそうな声で、どうにか言葉を口にしようとするものの、それ以上の言葉を口に出来ずにいた。


寝室の外。

気配を消し去ったウリミナスは、寝室の扉に体を密着させ、耳をすませていた。

(……元魔王軍諜《ちょう》報《ほう》機関「静かなる耳」のリーダーニャ、二人の様子を窺うことくらい朝飯前ニャ)

その口元に、ニマニマと笑みを浮かべながら、寝室の中の様子を聞き取ることに全神経を集中していた。

夜の時間は、こうして過ぎていった。

◇ホウタウの街・フリオ宅◇

フリオ家の二階。

その一角に、エリナーザの自室がある。

エリナーザは部屋の一角に立ち、室内を見回す。

(……魔法で拡張してはいるんだけど……やっぱり、球状世界の外に作った研究施設に比べると手狭なのよね……とはいえ、またタニアに見つかったらめんどうだし……あの時ばかりはワイン姉さんの気持ちがわかった気がしたわ……)

球状世界の外に、神界の女神以外の者が、別の球状世界を形成する行為は神界の禁則に抵触するため、絶対にやってはいけない。

記憶を一部失っているにもかかわらず、神界の決まり事の一部をしっかり記憶しているタニアから、エリナーザは何度も念を押されていた。

それを確信犯で聞き流し、ほとぼりが冷めた頃に、球状世界の外の研究施設を再開させようと考えていたのだった。

コンコン。

エリナーザがそんなことを考えていると、部屋の扉がノックされる。

「エリナーザ、今、大丈夫かい？」

フリオの声が聞こえてくる。

「パパ！　もちろん大丈夫よ！」

満面の笑みでドアを開けたエリナーザに促され、フリオは室内に入る。

「パパ、今日はどのような御用ですか？」

「うん、今日はこれをもらってきたから、エリナーザにもあげようと思ってさ」

そう言って、魔法袋から取り出した一着の服をエリナーザに手渡した。

「これって……魔装衣装ですか？」

エリナーザが受け取った衣装を嬉しそうに眺める。

「うん。カルゴーシ地方を治めているバンピールジュニアさんにお願いして、制作方法を教えてもらって作ってみたんだけど……デザインとか、どうかな？」

「まぁ!?　この服って、パパのデザインなの！」

フリオの言葉に顔を輝かせ、服を両腕で抱きしめた。

「私、とっても嬉しい！　大事にするわ！」

「うん、大事にしてくれるのは嬉しいけど、たまには着用してほしい……っていうか、どんな感じか試してほしいとも思っているんだけど、お願いしてもいいかな？」

フリオの言葉にエリナーザは、

「任せてパパ！　パパのお願いなら、私、すぐに着替えるから！」

言うが早いか、来ている衣服を豪快に脱ぎ捨てていく。

「ちょ、ちょっとエリナーザ……着替えるのなら、別室で……」

「……あ」

フリオの言葉で、エリナーザが正気を取り戻す。

フリオの目の前で、ほとんど下着だけの状態になっている自分の姿を確認したエリナーザは、

「ご、ごめんなさい！」

転移魔法で隣の部屋へ移動していった。

エリナーザの姿が消え去ったことで、フリオは安堵《あんど》の息を漏らす。

（……エリナーザは確かに娘だけど……）

思わず苦笑した。


……数分後。

「パパ、おまたせ！」

笑顔のエリナーザが隣室から駆けこんでくる。

その体には、先ほどフリオから渡された魔装衣装をまとっていた。

よほど気に入ったのか、フリオの前で何度もくるくると回り、

「ねぇ、パパ。似合ってる？」

フリオに何度も問いかける。

そんなエリナーザの様子を、フリオは笑顔で見つめていた。

「うんうん、とてもよく似合っているよ。エリナーザ」

「嬉しいわ、パパ！」

フリオの言葉に、少しはにかみながら笑みを浮かべる。


しばらくの間、フリオの前でファッションショーのようにいろいろなポーズをとっていたエリナーザだったが、

「エリナーザ、そろそろ魔装を試してみてくれないかな？」

「あ、そうだったわね、わかったわパパ！」

フリオの言葉に頷くと、右手を前に伸ばす。

その姿勢のまま、目を閉じ、魔装衣装の仕組みを解析していく。

「……うん、仕組みはだいたいわかったわ……変化させたい武具を想像しながら、衣装に魔力を通せばいいのね」

そう言って口元を引き締める。

「見ててねパパ。じゃあやるわ！」

エリナーザが気合をこめて、衣装に魔力を通していく。

すると、魔装衣装が魔力で光り輝いた。

その光景に、フリオは思わず目を丸くする。

「あ、あれ？……バンピールジュニアさんの時は、こんなに輝かなかったはずだけど……」

困惑しているフリオの前で、

「むぅん！」

エリナーザがさらに気合を込めていく。


次の瞬間……

エリナーザの右手の先に巨大な魔導銃が出現した。

その魔導銃は、エリナーザの身長よりも大きく、かなりの威力を秘めているのが一目でわかった。

魔導銃の周囲は出現した後も魔力で輝いている。

エリナーザは、満足そうな表情で魔導銃を見上げる。

「どうパパ！　すごいでしょ？」

ドヤ顔をフリオに向ける。

その視線の先で、フリオは、

「エリナーザ……戻して……戻して……」

顔を両手で覆いながら、エリナーザに声をかけた。

「戻す……？」

エリナーザは言葉の意味が理解できず、その場で首をひねる。

しばらくそのまま思考を巡らせていたのだが……その視線を自分の体へ向けたところで固まった。


……そう。


気合を入れすぎたエリナーザは、魔装衣装だけでなく、下着まで魔装衣装と一緒に収束してしまていた。

そのため、今のエリナーザは、フリオの眼前で、一糸まとわぬ姿のまま、武具を手に持っていたのであった。


その事に気づいたエリナーザは、しばらくの間その場で固まっていたのだが……ハッと我に返ると、無言のまま転移魔法を使用し、フリオの前から姿を消した。

先ほどまでエリナーザが立っていた場所を見つめながら、フリオは、

「最初に、もっとしっかり説明しておくべきだったな……」

反省の言葉を口にしながら、右手で頭をかいた。

……ちなみに……

エリナーザが、フリオの顔をまともに見れるようになるまで、この後一月近くかかった。

あとがき

この度は、この本を手にとっていただきまして本当にありがとうございます。

『Lv2チート』も今回で17巻になります。

今巻では、日常の変化をテーマにして、ホウタウの街やホウタウ魔法学校などがフリオ一家の面々の手によって変わっていく様子や、お仕事での出来事などをお届けしております。

金髪勇者は魔獣の生息域の変化に戸惑いながらも、その過程で意図せず悪事をつぶすという展開に、仲間想《おも》いなエピソードも入っています。

今回も、すっかりお馴染《なじ》みになったコミカライズ版『Lv2チート』との同時発売になっており、原作者といたしまして、節目の10巻を迎えることを喜んでおります。

そして、この本が書店に並ぶころには、いよいよアニメの放送もはじまります。私も執筆しながらアニメで動くフリオ一家の様子を思い浮かべてわくわくしております。これもすべて応援してくださっている皆様のおかげです。本当にありがとうございます。

最後に、今回も素敵なイラストを描いてくださった片桐《かたぎり》様、出版に関わってくださったオーバーラップノベルス及び関係者の皆様、そしてこの本を手に取ってくださった皆様に心から御礼申し上げます。

二〇二四年三月　鬼《き》ノ城《じょう》ミヤ

作品のご感想、ファンレターをお待ちしています

あて先

〒141-0031　東京都品川区西五反田 8-1-5 五反田光和ビル4階
ライトノベル編集部
「鬼ノ城ミヤ」先生係／「片桐」先生係

スマホ、PCからWEBアンケートにご協力ください

アンケートにご協力いただいた方には、下記スペシャルコンテンツをプレゼントします。
★本書イラストの「無料壁紙」　★毎月10名様に抽選で「図書カード（1000円分）」

公式HPもしくは左記の二次元バーコードまたはURLよりアクセスしてください。
▶ **https://over-lap.co.jp/824007681**
※スマートフォンとPCからのアクセスにのみ対応しております。
※サイトへのアクセスや登録時に発生する通信費等はご負担ください。

オーバーラップノベルス公式HP ▶ **https://over-lap.co.jp/lnv/**

Lv2からチートだった元勇者候補のまったり異世界ライフ 17

発行　2024年3月25日　初版第一刷発行

著者　鬼ノ城ミヤ

イラスト　片桐

発行者　永田勝治

発行所　株式会社オーバーラップ
〒141-0031
東京都品川区西五反田 8-1-5

校正・DTP　株式会社鷗来堂

印刷・製本　大日本印刷株式会社

ISBN　978-4-8240-0768-1 C0093

【オーバーラップ　カスタマーサポート】
電　話　03-6219-0850
受付時間　10時～18時（土日祝日をのぞく）

8歳から始める魔法学
上野夕陽 Yuhi Ueno
[illustration] 乃希
コミックガルドでコミカライズ決定!!
この世界で僕は、
あまねく魔法を
極めてみせる!
その不遜さで周囲から恐れられている少年・ロイは
ある日、ひょんなことから「前世の記憶」を取り戻した。
そして思い出した今際の際の願い。第二の生をその
願いを叶える好機と考えたロイは、魔法を極めること、
そして脱悪役を目指すのだが……?
OVERLAP NOVELS